母、襲来!
「それとも……タニアちゃんは、私がここにいたら迷惑？ぐすん」
「そ、それは……」
ミルア

御者が手綱を引いて、馬がゆっくりと歩き出した。
「おおっ、動いたのだ！」
ソラ
ルナ
レイン・シュラウド

こうして、俺達は
王都に向けて
出発したのだった。
タニア
ティナ・ホーリ
カナデ
ニーナ
王都へ出発!

「タニアよ。すまないが、そなたを逮捕する！」
「は？」

6
Suzu Miyama
深山 鈴
ill ホトソウカ
Hotosoka
勇者パーティーを追放されたビーストテイマー、最強種の猫耳少女と出会う

Contents

1章　それぞれの日常

太陽が顔を出して少し、目を覚ました俺はキッチンに移動した。今朝の食事当番は俺なので、少し早めに起きて色々と準備しなければいけない。

「さて、どんなメニューにするかな？」

ごはんにしようか？　パンにしようか？

朝から重いものは厳しいから、大体、その二択になるんだよな。たまには他のものにもチャレンジしてみたいけど、あいにくと、そこまでの料理スキルは持っていない。

下手にチャレンジしたら、ソラが作るような料理の形をした未知の物質を生み出してしまうかも。だから、慎重にいかないと。

なんて、失礼なことを考えつつ献立を考えていると、

「……おはよう」

「おはよう、タニア」

タニアが顔を見せるのだけど、寝起きらしく、どことなくフラフラしている。

俺を見て不思議そうな顔に。

「あれ？　今日、レインが当番だったかしら？」

「そうだよ。まだ時間はかかるから、部屋で待ってた方がいいんじゃないか？」

「ううん……ここにいるわ」

「そうか？」

「うん。はぁ、ふぅ……」

タニアは手頃なイスに座り、妙に熱っぽい吐息をこぼした。

よくよく見てみてれば頬が赤い。とてもだるそうにしていて、肘をついてテーブルに身をもたせかけていた。

タニアのことが気になり、俺は調理の手を止めて声をかける。

「どうかしたのか？　なんか顔色が悪いぞ？」

「別に……何もないけど」

「そうは見えないんだけど……ちょっと、じっとしててくれ」

「ふぁ!?」

タニアのおでこに手を当てる。俺の手が冷たかったからなのか、タニアが変な声をあげた。

「ちょっ……れ、レイン？　いきなり何してるのよっ」

「いいからじっとしててくれ。んー、熱いな」

「そんなわけないじゃない……竜族のあたしが、風邪を引いたとでも？」

「最強種でも、風邪を引く時は引くだろう。部屋でおとなしくしていた方がいい。歩けるか？」

「子供扱いしないでよぉ。歩くくらい、なんてこと……あ、あら？」

なんてことないというようにタニアは立ち上がるものの、すぐによろめいてしまう。思っている

以上に熱が高いのかもしれない。このまま一人にするのは心配だ。

「タニア、そのまま」

「え？　ちょっ⁉」

　タニアの背中と膝裏に手を回して、そのまま抱える。

「な、なにしてんのよ⁉　こ、こんなのっ……」

「おとなしくしていること。タニアは病人なんだから」

「だ、だからって、これはその……うぅ、は、恥ずかしい」

　タニアはジタバタと暴れるものの、体力が残っていないらしく、すぐにおとなしくなる。

　おとなしいタニアは新鮮ではあるものの、心配でもあり……俺は急いでタニアを部屋に連れて行く。そして、そっとベッドに寝かせた。

「はふぅ」

　強がっていたものの、やはり辛（つら）かったらしく、横になるとタニアは大きな吐息をこぼした。表情を歪（ゆが）めていて、しっとりと汗をかいている。

「ちょっと待っててくれ」

　一度、部屋を後にする。キッチンに移動して、すぐに水とタオルを用意して、再びタニアの部屋へ戻る。

　タオルを水につけて絞り、汗を拭いて、それから額に乗せる。

「ん……」

「どうだ？」

「……少し、楽になったかも」

「そっか、よかった。ごはんは食べられそうか？」

「……軽いものなら」

「了解。おかゆでも作るよ。それから薬を飲もう」

「……薬、苦いからイヤ」

「子供みたいなことを言わないでくれ」

苦笑する。唇を尖らせて、わがままを言うだけの元気があるなら大丈夫だろう。

おかゆとみんなのごはんを作るために、部屋を出ようとしたところで、

「あ……」

どこか寂しそうな、俺を引き止めるような、そんな声が聞こえた。

「うん？　どうかした？」

「えっと、その……」

「なにかほしいものがある、とか？」

「そ、そうよ。えっと、その……りんごが食べたいわ。すりおろしたやつ」

「了解。じゃあ、それもセットにしておくよ。他には？」

「……なにもないわ」

「じゃあ、ちょっと待っててくれ」

「……ん」

「なに？　タニアが風邪を引いたのか？」

「それは心配ですね」

おかゆとごはんを作っている途中、ソラとルナが顔を出したので事情を説明した。

「そういうことなら、ソラに任せてください。栄養たっぷりの病人食を作り、見事にタニアの風邪を治してみせましょう」

「や、やめておくといいぞ。そんなことをしたら、タニアにトドメを刺してしまうのだ」

「トドメとはなんですか。ルナは、ソラの料理を兵器と勘違いしていませんか？」

「似たようなものなのだ」

「にこぉ」

「ひぃ⁉」

ソラには悪いのだけど、心の中でルナに賛成する。さすがに、ソラの料理は食べさせられない。

「レインよ。そういうことならば、我も手伝うぞ。一人で全部を担当するのは大変だろう？」

「ありがとう、助かるよ。それなら、ルナはみんなのごはんの準備を頼んでもいいか？　タニアに早く温かいものを食べさせてやりたいから、俺はおかゆに専念するよ」

「うむ、任されたのだ！」

「はい、任されました。みんなのごはんは、ソラがしっかりと作りましょう」

「いや、あの……任されたのは我であって、姉は関係ないのだが」

「ソラだけなにもせず、ぼーっとしているわけにはいきません。今朝のごはんは、ソラが作ることにしましょう」

「ホントかんべんしてください！」

よほどイヤらしく、ルナは普段の口調を忘れて懇願した。

「えっと……ソラは、ルナのサポートに徹してくれないかな？」

「むっ。レインも、ソラの料理の腕を疑うのですか？」

疑うというか、すでに知っているというか。

「いや、なんていうか……そうそう。姉妹仲良く力を合わせる場面じゃないかな、ここは。だから、どちらか一方が作るんじゃなくて、協力するべきだと思うんだ」

「なるほど、一理ありますね」

「ふう……助かったのだ」

「それじゃあ、後のことは頼むよ」

手早くおかゆを作る。もちろん、すりおろしたりんごも忘れない。それと、牛乳に砂糖を入れて温めた、ホットミルクも添える。

おかゆ、果物、ミルクの三点セットを持ち、再びタニアの部屋へ。

「おまたせ」

「ん……遅いわ」

俺の姿を見つけると、タニアは体を起こした。

「大丈夫か？　おかゆを作ってきたけど、食べられそうか？」

「寝ていたから、少し楽になったわ……大丈夫」

「よかった。なら……はい、あーん」

レンゲでおかゆをすくい、タニアの口元へ寄せる。

「えっ。ちょ、ちょっと……な、なにしてるのよ？」

「なにって……ああ、そっか。悪い悪い」

「そ、そうよ。あたしをそんな風に子供扱いするなんて……」

「冷ますのを忘れていたよな。これじゃあ熱いよな」

「ぜんぜんわかっていない⁉」

「ふーっ、ふーっ……よし、こんなものだろう。ほら、あーん」

「うっ……」

再びレンゲを差し出すと、タニアの顔が真っ赤になる。熱が上がったのだろうか？

「大丈夫か？」

「だ、大丈夫よ。うぅ、これくらいのことで動揺するなんて……というか、平然とこんなことをしてのけるなんて。レインってば、ちょっと色々と抜けているんじゃないの？」

なぜか、ひどいことを言われているような気が？

とはいえ、今はタニアの看病が優先。気にすることなく、レンゲを差し出す。

「ほら、あーん」

「う、うぅ……」

「早く食べないと冷めるぞ？」

「わ、わかってるわよ。そ、その……あむっ」

おどおどとした様子で、タニアはレンゲをぱくりと咥えた。もぐもぐとおかゆを食べる。

「どうだ？」

「そ、その……まあまあね」

「よかった。口に合うかどうか、ちょっと心配だったんだ。まだ食べられるか？」

「一応……」

「じゃあ、あーん」

「うぅ……また、それ？」

「うん？」

「わ、わかったわよ、食べればいいんでしょう食べれば！　あーんっ」

なぜかヤケ気味に、タニアはレンゲをぱくり。それなりに空腹だったらしく、そのままぱくぱくとおかゆを食べていく。すりおろしたりんごも一緒に食べて、最後にホットミルクを飲む。

それから薬を飲んで、再び横に。

「おとなしく寝ているんだぞ？　こっそりと抜け出したりしないように」

「子供じゃないんだから。おとなしくしてるわよ、もうっ」

「なにかあれば、すぐに呼んでくれ」

「つまらない用事で呼びつけてもいいの？」

「いいさ。タニアは病人なんだから、こういう時くらい甘えてほしい」

「……そ」

「もう寝るか？」

「えっと……ちょっとだけ話がしたい気分かも。ダメ？」

「いいよ。どんな話をしようか」

「なんでもいいんだけど……っていうか、レインっていつも優しいわよね。あたしのわがまま、笑顔できいてくれるし」

「タニアは病人だから」

「病気じゃない時も変わらないじゃない。レインって、怒る時あるの？」

「ある、と思うけど……どうだろう？」

「なんで疑問形なのよ？」

言われて気がついたのだけど、最近、怒ったことがないような？

最後に怒ったのは、アリオスがカナデとタニアのことをバカにした時か？　それとも、エドガーがニーナを監禁するという、ふざけた真似をした時か？　ティナの過去を知った時か？

どれも強い怒りは覚えたけど、激怒という範囲に含まれるかと問われると、やや疑問が残る。

「ふふっ、レインって、どんな時に一番怒るのかしら？」

「どうだろうな……俺自身も、よくわからないかも」

「レインが怒ったら、とんでもないことになりそうね」

「え、どうして？」

「普段、温厚な人ほど、怒った時が怖いって言うじゃない？」

言われてみれば。

でも、それが俺にも適用されるのかどうか、疑問ではあるが。

「もしかしたら、すごく暴れちゃうかもな」

「一度は見てみたいような、見てみたくないような……でも、もしもそうなったら、あたしが止めてあげる」

「タニアが？」

「その……特に深い意味はないわよ？　こうして、いつも助けてもらっているし、そのお礼みたいなものよ」

「そっか、お礼か」

「それに……レインは、やっぱり笑っている方がいいと思うから。そんなレインの笑顔に、あたしは……」

「あたしは？」

「……」

問い返すと、タニアは、なぜかポカンとした。

ややあって、顔がぼんっと赤くなる。

「あ、あたし、今なにを言おうと……あ、あああ」

「ど、どうした？　まさか、熱が上がってきたのか？」

「う、ううん。そういうのじゃないの、大丈夫。大丈夫だから、今は、あたしの顔を見ないで。とにかく見ないで。ダメ。見たら絶対にダメ」

「わ、わかった」

言われるまま視線を外した。

照れているように見えるけど、照れる要素、あっただろうか？

「……もう大丈夫」

不思議に思いつつ、数分ほど待つと、小さな声が聞こえてきた。

振り向くと、いつも通りのタニアが。

「その……ごめんね。変なこと言って」

「いや、俺は気にしていないよ。それよりも、タニアの体調が悪化していないか、それだけが心配だ」

「本当にもう……すごくお人好し(ひとよ)で、心配性で、優しいんだから」

そう言って、タニアは微笑(ほほえ)む。

「ふぁ」

「眠くなってきた？」

「かも……あたし、また寝るわ」

「了解。じゃあ、また後で様子を見に来るよ。おやすみ」

「あっ……その、待って」

部屋を後にしようとしたら、タニアに手を掴まれた。

「どうしたんだ？」

「その……少し話は戻るんだけど、つまらない用事を言ってもいいんでしょ？」

「ああ、もちろん。なにかあるのか？」

「えっと、その……」

なぜかタニアが視線をさまよわせる。その頬は赤く染まっているのだけど、風邪が悪化したのだろうか？

そのまま、ぽつりと言う。

「……一緒にいて」

「一緒に？」

「うん……寝るまで一緒にいて。こういう時、一人は寂しいから」

「わかった、了解だ。これでいいか？」

「ふふっ」

そっと頬を撫でると、タニアはうれしそうに微笑むのだった。

◆

薬が効いてきたらしく、昼過ぎにはタニアの熱はだいぶ下がってきた。この様子なら、長引くことはなさそうだ。

安心したところでリビングに移動すると、

「……」

「……」

バチバチと火花を散らしつつ、睨み合うソラとルナの姿があった。

「ソラ？　ルナ？」

「レインですか」

「タニアはどうなのだ？」

「だいぶ回復してきているから、心配はいらないと思う。ところで……二人は、もしかしてケンカを？」

「はい」

「うむ」

「どうして、そんなことに？」

「ソラは許しませんよ。ソラが大事にとっておいたプリンを食べてしまうなんて」

「だから、そんなことしていないのだ！　だいたい、それをいうならソラだって、我のはちみつサンドを食べたではないか！」

「ソラは人のものを食べるようなことはしません。というか、論点をすり替えないでください」

「すり替えていないのだ！　ソラの方が悪いのだ！」

「むぅ……！」

「ぐぬぬぬっ……！」

睨み合う二人のやりとりを聞くことで、大体のことは理解した。ケンカの理由は、実にこの二人らしい。

「はい、そこまで。ある程度の事情は理解したが、たかが食べ物でケンカするなんてバカらしいと思わないか？」

「たかがとはなんですか⁉」

「たかがとはなんなのだ⁉」

こんな時だけど、二人は息ぴったりだ。仲が良いのか悪いのか……さすが双子。

見てしまった以上、このまま放置というわけにはいかない。どこまでできるかわからないが、なんとか仲裁してみよう。

「ソラ、ルナ。ちょっと散歩に付き合ってくれないか？」

どうにかして仲直りさせるべく、二人を散歩に誘った。一緒に行動すれば、そのうち元の仲良し姉妹に戻るかもしれない、と考えてのことだ。

「いいですけど、ルナと一緒ですか？」

「むぅ、ソラも一緒なのか？」

「二人と一緒がいいんだ。ダメか？」

「まあ、レインがそう言うのでしたら」

「仕方ないのだ。我慢して付き合うことにするのだ」

了承を得られたので、二人を伴い外に出る。家の周囲をぐるりと回る……だけでは寂しいので、街の方まで足を延ばしてみよう。

丘を下り、住宅街へ。

さらに住宅街を抜けて、広場へ出る。気持ちのいい風と、暖かい日差しが心地いい。

「んー、暖かくて心地いい天気ですね」

ソラがふんわりとした顔をして、ぐぐっと伸びをした。

それを見たルナは、同じように伸びをしかけて、はっと我に返った様子で声を張る。

「本当なのだ。空気が気持ち……いやっ、そんなことはないのだ！　今日の空気は淀んでいるのだ！　だから、ソラはおかしいのだ！」

「むっ。ルナがおかしいのではないですか？　こんなにも気持ちのいい天気だというのに」

「ふんっ、ソラの方がおかしいのだ。きっと、性格と同じように感覚もねじ曲がっているのだ」

「なんですって⁉」

「やるのか、なのだ⁉」

「はいはい、ストップ」

困ったもので、少し目を離したらすぐにケンカをしてしまう。

食べ物の恨み、恐るべし……か。

なんとかして仲直りさせたいのだけど、しかし、なかなかうまくいかず……


「レイン、今度はあちらの方に行ってみましょう。きっと、綺麗な景色が見られますよ」

「そんなことよりもレイン、ちょっとおやつが食べたいのだ。あっちから良い匂いがするのだ」

「まったく、ルナは食べ物のことしか考えていないのですか？　あさましいですね」

「毎日、ガツガツとごはんを食べているソラには言われたくないのだ」

「なんですって!?」

「やるのか、なのだ!?」


「こうして散歩をするのは気持ちいいですね。まあ、余計なオマケがついているのが残念ですが」

「むっ。それは我のことか？」

「いいえ、そんなことは一言も言っていませんよ。でも、そう思うのならそういうことなのでは？」

「むううっ……余計なオマケはソラの方なのだ。レインは、我と二人きりの方がいいと思っているぞ」

「そのようなことはありません。レインは、ソラと二人きりになりたいと思っているはずです」

「違うのだ！　邪魔者はソラなのだ！」

「いいえっ、ルナです！」

「なんですって⁉」

「やるのか、なのだ⁉」


「風が強くなってきたのでちょっと寒いですね。レイン、少しくっついてもいいですか？　ソラは、レインの温もりが欲しいです」

「あっ、ずるいのだ！　我もレインにくっつきたいぞ！」

「ふふん、早いもの勝ちです。ルナは、そこらで一人、凍えてガチガチ震えていなさい」

「そんなことは許さないのだ！　ソラばっかりずるいのだ！　レイン、こっちに来るのだ！」

「いいいえ、レインはソラのところに来てください！」

「ぬううう、こっちなのだ！」

「いいいえ、ソラの方です！」

「いたたたっ⁉　左右から引っ張らないでくれ⁉」


……こんな感じで、二人はずっとケンカを繰り返していた。何度も仲裁を試みたのだけど、うまくいかない。おやつの恨みはよほど深いらしい。

「ふんっ」

「ふんっ、なのだ」

仲直りさせようと散歩に連れ出したのだけど、余計に悪化してしまったかもしれない。どうしたものかな？

「なんですって⁉」

「やるのか、なのだ⁉」

解決策を考えているうちに、再びケンカが勃発した。バチバチと火花を散らして、ソラとルナが

今日何度目になるかわからない睨み合いを行う。

どうやって仲直りさせたものかと考えていると、ふと、タニアの言葉を思い出した。普段、まったく怒らない俺が怒れば、さすがの二人も反省するかもしれない。

そうだな、ちょっと試してみるか。

「二人共、いい加減にするように！」

「「っ⁉」」

大きな声を出すと、ソラとルナはびくりと体を震わせて動きを止めた。

「二人はずっとケンカをしてきたわけだけど、今、どんな気分だ？」

「え？　気分……ですか？」

「いいから答えてくれ。今どんな気分だ？　飽きることなく姉妹ケンカを繰り返して楽しいか？もっともっとケンカしたいか？」

「うっ。そ、それは……」

痛いところをつかれた、というように、二人は目を伏せた。

少し厳しいかもしれないが、さらに言葉を続ける。

「こんなことを続けてもしょうがない、っていうことくらい、二人もわかっているだろう？」

「でも、ルナが……」

「でも、ソラが……」

「そうやって意地張っていたらこじれるだけで、仲直りしづらくなるぞ？　その間、ずっとケンカしたままだ。いつも一緒にいた二人なのに、いつも離れていないといけなくなる。それでいいのか？　まあ、本当は顔も見たくないほど嫌い、っていうのなら構わないけどな」

「そんなことないのだ！」

あえて突き放すようなことを言うと、ルナが即座に反論した。

「我は怒っているが……それでも、ソラのことを顔も見たくないほど嫌いになったなんて、そんなことあるわけないのだ」

「……ルナ……」

「なんだかんだで、ソラのことは嫌いじゃないぞ？　嫌いになるわけないし……その、なんていうか……好きなのだ」

「……ソラも、ルナのことを嫌いになるなんてありえません。双子の姉妹だから、半身のように感じていて……でも、それだけじゃなくて、なんていうか……いつも一緒にいたいと思っています。ルナのことが好きだから」

「なら、仲直りしような」

ようやく二人の本音を引き出すことができた。ここまでくれば、もう俺は必要ない。

「……ルナ……」

「……ソラ……」

二人は互いを見つめ合い、

「「ごめんなさい!!」」

同時に頭を下げた。

こうして、双子の姉妹のケンカは終わりを告げたのだった。

「ところで……結局、ソラ達の大事なおやつを食べた下手人は、誰だったのでしょうか？」

「うーん、謎なのだ。我もソラも心当たりはないし」

「おかげで、レインに怒られてしまいました……」

「えっと……本気で怒ったわけじゃないぞ？　ちょっとお灸（きゅう）を据えようと思っただけで」

「そ、そうなのか？　レインが怒ったと思って、我は、ちょービビったのだ」

一つの謎を残したまま、家に帰ると……

「にゃあ♪　さっき食べたプリンとはちみつサンドおいしかったなあ、まだ残ってないかな？」

「「お前かあああっ！？」」

「にゃ、にゃん!?」

おやつの恨みとばかりに、ソラとルナが攻撃魔法を連打して、カナデは手痛いおしおきをされるハメになるのだった。

結論。

ケンカはダメ。あと、おやつを食べる時は、誰のものかしっかりと確認をすること。

◆

今朝は朝食をソラとルナに任せてしまったので、夕飯は俺が作ることにした。ありがたいことにニーナが手伝いを申し出てくれて、一緒に作ることになった。

しかし材料が足りないことに気がついて、街に買い出しへ。

「ニーナ、大丈夫か？　重くないか？」

隣を歩くニーナは、両手で買い物袋を抱えている。

自分も手伝いたいと言って聞かず、小さな方の買い物袋を渡したのだ。それでも、体の小さいニーナにとっては大きく、視界がふさがれるほど。

「ん……大丈夫、だよ。これくらい……平気」

ニーナは笑顔を見せて、なんてことないとアピールした。

大変だろうけど、それは顔にまったく出していない。ニーナなりにがんばりたいのだろう。

「そっか。辛くなったら、いつでも言っていいからな」

「ん……あり、がと」

二人で並んで歩いて、帰路を辿る。

「なあ、頼むよ！」

「ギルドは託児所じゃないんだ、帰れ」

冒険者ギルドの前を通りかかると、なにやら少年とギルドの職員が揉めていた。

「どうしたんだ？」

「あっ……これは、シュラウドさん」

知らない顔だ。ギルドで働いているのはナタリーさんだけじゃなくて、他にもたくさんいるから、知らない顔がいるのも当たり前か。

ただ、向こうは俺のことを知っているらしく、柔らかい表情を向けてくる。

「こんにちは。買い物の途中ですか？」

「途中というか、帰るところなんだ。それよりも、この騒ぎは？」

「不正だよ！　ギルドが俺の依頼を受けてくれないんだっ」

「受けてくれない？　それはいったい……」

「ち、違いますよ⁉　俺らはやましいことなんてしていませんからね⁉」

疑惑の目を向けると、ギルドの職員は慌てた様子で言った。

ため息をこぼしつつ、少年に呆れの視線を向ける。

「この坊主が無茶なことを言うんですよ。落とし物をしたから探してほしい、って」

「そっか。小さな依頼だけど、拒む理由にはならないんじゃないか？　ギルドの基本方針は、世のため人のため。犯罪行為などでなければ、引き受けるものだろう？」

「それはそうなんですけどね。でも、依頼料が少なすぎるんですよ。銅貨一枚だけじゃあ、さすがに誰も受けてくれないだろうし、『負債依頼』になってしまうんですよ」

なるほど、と理解した。少年にとっては精一杯の金なのだろうけど……報酬が銅貨一枚では、誰も引き受けてくれない。

そんな依頼は負債依頼と言われ、埋没してしまい、いつまで経っても解決されることはない。ギルド職員はそのことを懸念していて、少年に諦めろ、と言っているのだろう。

「悪いな、坊主。そういうわけで、ウチで扱うことはできないんだ。じゃあな」

子供の依頼を断るという罪悪感はあるらしく、ギルドの職員は逃げるように建物の中へ。

残された少年はがっくりと肩を落とす。

「……ねえ、レイン」

ふと、ニーナが俺の服を引っ張る。

「あの、ね。わたし……あの子の依頼を請けてあげたい、な」

まさか、ニーナがこんなことを言い出すなんて……正直、驚いた。もっと内向的な子だと思っていたのだけど、そういうわけでもないのかもしれない。

「どうしてだ？」

「あの子、困っている……から。わたしも、レインに助けられた、から。困っている人の力に、なりたいな」

「そっか……うん。ニーナがそう言うのなら、俺は反対しないよ」

「ありがとう」

ニーナは、うれしそうに笑う。

ちょっと寄り道になってしまうけど……まあ、これくらいなら問題ないか。それよりも、ニーナが自分からこういうことを言い出したことがうれしい。彼女も成長しているんだな。

微笑ましく思っていると、ニーナが少年に声をかける。

「ちょっと……いい？」

「……なんだよ」

「わたし達が……依頼を請けようか？」

「えっ、ホントか⁉」

「うん。ホント、だよ」

「でも……俺が払えるのは、銅貨一枚だぜ。それでもいいのか？」

「ん……わたし達に任せて」

「やった！　すっげー助かるよ、サンキュー、姉ちゃん！」

「姉ちゃん……ふふん」

姉ちゃんと呼ばれて、少し誇らしげにするニーナだった。

少年が落としたものは、母親の誕生日に贈ろうとした指輪らしい。

指輪といっても、店で売っているようなものではなくて、自分で作ったお手製のものだという。細工師のところに通い、必死に頼み込んで技術を教わり……今朝、なんとか完成にこぎつけたという。

しかし、そこで気が緩んでしまったらしく、家に向かう途中で完成した指輪を落としてしまい……というのが今までの経緯のようだ。

心当たりは全て探したけれど、まるで見つからない。他の人が拾ったのか、それとも、予想外のところでなくしてしまったのか……どうしても見つけることができず、途方に暮れていた。

「その指輪は、どんな形を？」

「シンプルなヤツだよ。大きさはこれくらいで、特に飾りはないかな。あっ、ただ、綺麗な石をはめ込んでいるんだ」

少年は身振り手振りで指輪の特徴を説明してくれた。

なんの飾りもないシンプルな指輪なら、探すのは難しかっただろう。でも、綺麗な石が飾りに使われているのなら多少はやりやすい。

俺は集中して、近くにいる動物を……

「レイン」

「うん？」

ニーナに声をかけられて振り返ると、荷物を渡された。

「わたしが……探して、みるよ」

「ニーナが？　できるのか？」

「ん……がんばって、みる。いつも、レインにばかり……甘えて、いられないから」

「そっか。わかった、それじゃあニーナに任せるよ。ただ、手伝えることがあればなんでも言ってくれ。抱え込んで、無理はしないこと」

「ん、りょーかい」

ニーナがびしりと敬礼をした。

かっこいいというよりはかわいらしく、ほっこりとする。

「ちょっと、待っててね」

少年にそう言うと、ニーナは目を閉じて集中する。

その様子を見て、俺は不思議に思う。指輪を探すと言っていたものの、どうやって探すつもりなのだろう？　能力を使うのだろうか？

しかし、物探しに適した能力なんて、ニーナは持っていたかな？

「ん……見えた」

ニーナは小さくつぶやいて……

「よい、しょ」

小さな声と共に、空間が揺らいだ。ニーナはためらうことなく、そこに手を突き入れる。

ニーナの能力、亜空間収納だ。亜空間に物を自由自在に収納することができるのだけど、それを、今ここで？

疑問に思っていると、ニーナは中をごそごそと探るような動きをして……やがて、すぽんと手を引き抜いた。その手には、シンプルな飾りの指輪が握られている。

「あっ、俺が作った指輪！」

「はい……見つけた、よ」

ニーナが少年に指輪を渡した。

「すっげー、今のどうやったの⁉」

「えっと……亜空間の中は、色々なところに繋がっているから。そこを通じて、物を探すこともできるんじゃないかな、って。それから、空間と空間を、繋げて……」

「えっと？　よくわからねーけど、姉ちゃん、すごいんだな！」

「えへへ」

少年に褒められて、ニーナはうれしそうに尻尾をぴょこぴょこさせた。

「ありがとう、姉ちゃん！　ホント助かったよ」

「もう、なくしたら……ダメ、だよ？」

「うんっ。本当にありがとうな！」

顔いっぱいに笑みを浮かべた少年は、何度も何度も手を振りながら立ち去る。

そんな少年を笑顔で見送るニーナは、いつもの幼さはなくて、お姉さんのようでもあった。

「ん」

少年を見送った後、ニーナはこちらに手を差し出した。

えっと……ああ、買い物袋を催促しているのか。

ニーナが望んでいることを理解した俺は、買い物袋を渡した。

「おうち、帰ろ？」

「そうだな。でも、その前に……」

ニーナの頭をぽんぽんと撫でる。

「ふわ……レイン？」

「あの子のためにがんばるニーナは、すごくかっこよかったぞ」

「わたし……かっこいい？」

「ああ、すごくかっこよかった」

「えへへ……レインにそう言ってもらえると、すごくうれしいの。胸がぽかぽかするの」

ニーナはにっこりと笑い、ほんのりと頬を染めるのだった。

◆

翌日。俺はガンツの店を訪ねた。

「こんにちは」

「おお、レインじゃないか」

本を読んでいたガンツがこちらを見て、親しみのある笑顔を浮かべた。

久しぶりにガンツの店を訪ねたけど、色々と変わっていた。

まず、店の品揃えが変わっている。以前は見た目だけの武器が並んでいたのだけど、今は一目で業物とわかるものだけが並べられていた。

それに、ガンツの雰囲気も心なしか柔らかくなっていて、以前よりも接しやすい。以前あった事件のおかげで、大きく変わることができたのだろう。

「どうしたんじゃ、今日は？　また何か入り用なのか？」

「ちょっと、頼みたいことが二つあって。まずは、ナルカミとカムイの整備を。一度も整備をしてもらっていないし、けっこう酷使してて。だから、みてもらってもいいかな？」

「なるほどな、了解じゃ」

「これなんだけど」

「ふむ、ほうほう……これはまた」

ガンツにカムイとナルカミを渡すと、ずいぶんと苦い顔をされてしまう。

「なにか問題が？」

「大アリじゃ。ちっとやそっとじゃ壊れんように作っていたのじゃが……どちらも、ひどく損耗しておる。いったい、どのような使い方をすればこうなる？」

「えっと……」

そこまで乱暴に扱っていないよな？

ただ単に、魔族と戦いスズさんと戦いイリスと戦い……あ、十分に乱暴に扱っているか。

「すまない、けっこう酷使していたかも」

「なに、埃をかぶるよりはマシじゃ。ここまで使ってくれているということは、儂の武具を気に入ってくれたということ。武具職人としてはうれしい限りじゃな」

「そう言ってもらえると助かるよ。それで、直るかな？」

「もちろんじゃ。ただ、一週間ほどかかるが問題ないか？」

「ああ、大丈夫だ。頼むよ」

「任された。新品同様に、しっかりとメンテナンスしてやるぞ。ところで……」

ガンツの視線が、俺が手に持つヤカンに向けられる。

「なんじゃ、そのヤカンは？」

「ああ、これは……」

説明しようとしたら、ぼんっ、と煙が吹き出してティナが現れた。

「これはウチのマイホームやで」

「なっ……ゆ、幽霊じゃと？」

「おっちゃん、はじめましてやろ？　ウチは、ティナ・ホーリ。レインの旦那のところでお世話になっとるもんや。よろしゅうなー」

「……お前さん、最強種だけじゃなくて、幽霊も従えるようになったのか？」

「まあ、色々とあって」

呆れたようなガンツの視線に苦笑で応じた。

それから、ティナのことを説明して……そして本題に入る。

「もう一つの用件なんだけど、なにかこう、ティナの体になるようなものを作れないかな？」

「うん？　幽霊の嬢ちゃんの体じゃと？」

「ティナは幽霊だから、昼は外に出ることができないんだ。外に出るためには、こうして物に取(と)り憑(つ)くしかなくて。今まではヤカンに取り憑いてもらっていたんだけど、いつまでもヤカンっていうのも、どうかと思うだろう？」

「もっともな話じゃな」

「というわけで、なにかないかな？」

「うーむ、なんとかしてやりたいとは思うが、しかし、儂は武具職人じゃからな。武具以外のものは……」

「そこはガンツの腕を見込んで」

「職人殺しの台詞(せりふ)じゃな。そんなことを言われたら断れんじゃろうが」

頭の中で構想を巡らせているらしく、ガンツは顎鬚(あごひげ)を撫でながら考える。

ややあって、口を開いた。

「一週間後にまた来てくれんか？　それまでになんとかしておこう」

「ありがとう、助かるよ」

「なに、ホライズンの英雄様のためなら、これくらいのことはしてやるわい」

「英雄はやめてくれ……」

わざと言っているであろうガンツに、俺は苦い顔をした。

それを見て、ティナが笑う。

「二人は仲が良いんやなー」

「まあ、それなりの付き合いで、儂の恩人でもあるからのう」

「興味のある話やなー。今度、ゆっくり話をしよな」

「ああ、いいぞ。幽霊の嬢ちゃんはおもしろそうだから、大歓迎じゃ」

まったく人見知りしないティナは、気難しいはずのガンツとすぐに打ち解けてしまうのだった。


一週間後。

「こんにちは」

「邪魔するでー」

ティナと一緒に、再びガンツの店を訪ねた。

店内にガンツの姿はないが、すぐ俺達に気がついたらしく、奥から姿を見せる。

「おお、レイン達か。ちょうどよいところに来たな」

ガンツはカムイとナルカミを手にしていた。

「ほれ、新品同様にメンテナンスしておいたぞ」

「ありがとう、助かるよ」

「なあに。これからも、なにかあればすぐに持ってくるといい。しっかりとメンテナンスをするし、なんなら、新しい武具も作ってやるぞ」

武具職人としての魂が刺激されているらしく、ガンツは不敵な笑みを浮かべていた。

「それと、これは幽霊の嬢ちゃんにだ」

続けて、ガンツはとあるものを取り出した。

「お？　人形？」

それは、小さな人形だ。サイズは、手の平よりも少し大きいくらい。とても精巧に作られていて、子供が遊びで使うようなものとはぜんぜん違う。貴族が観賞用に購入するようなもので、一目で普通の人形ではないとわかる。

それにしても、この人形、どこかで見たことがあるような？

「ん？　これ、もしかしてウチ？」

言われてみると、確かにその通りだ。メイド服を着ているし、顔もそっくりだし……ミニマムサイズのティナだ。

「コイツを嬢ちゃんの新しい体に、と思ったんじゃが……どうじゃ？」

「おーっ、コレがウチの新しい体なん？」

「儂のもてる技術をありったけつぎ込んだ、最新の戦闘人形じゃ。見た目がいいだけではなくて、色々なギミックが仕込まれていて、戦うこともできるぞ」

「おー♪」

ギミック満載と聞いて、ティナは目をキラキラと輝かせた。そういうの好きそうだよな。

「こんなものを作ってくれるなんて……悪いな。手間じゃなかったか？」

「なーに。たまには、こういうものを作るのも悪くないぞ。それに、職人として試されているみたいで、燃えたからのう」

「そっか、ガンツらしいな」

「なあなあ、さっそくこの体に移ってみてもええ？」

「うむ。嬢ちゃんのために作ったものじゃからな。ぜひ、使ってくれ」

「おおきに」

ティナの姿が揺らいで、霧のようになると、人形に吸い込まれていく。

「……お？　お？　おおおー」

机の上に置かれていた人形が、すくっと立ち上がる。

体の感覚を確かめるように手足を動かす。さらに、その場でジャンプをしたりパンチをしたり声を出したり……ティナは、とてもうれしそうにはしゃぐ。

「これ、めっちゃええな！　いつもと大して変わらんし、思うように手足が動かせるし……あー、めっちゃええわ。ほんまええわ」

よほど気に入ったらしく、ティナは満面の笑みだ。

そんな彼女を見て、俺は反省する。他になかったとはいえ、今まではヤカンに取り憑いてもらっていたからな……もう少しまともなものを用意するべきだった。

「おっちゃん、おおきに！」

「なに、かまわぬよ。レインは上客じゃからな」

「コレ、相当な一品に見えるけど、やっぱりそれなりに値が……？」

「これくらいでどうじゃ？」

「……もうちょっとまからないか？」

「おいおい。嬢ちゃんのためじゃぞ？　それなのにケチってどうする」

「そう言われたらどうしようもないな。わかった、それでいいよ」

ガンツが提示した金額は決して安いものではないが、ティナのためと言われたら、反論することはできない。

まあ、ガンツのことだ。ぼったくるようなことはしていないし、むしろ、これでも安くしてくれているのだろう。

それに、ティナのためにこんな素敵な体を作ってもらった。感謝しかない。

「おー、おー。ほんまええな、この体。なあなあ、レインの旦那。ウチのこと、どう思う？」

「どう、って言われてもなあ……」

「ダメやなー。そこは、かわいいって言わんと」

そう言いたいところではあるが、今のティナは人形で……そんな彼女にかわいいと言うのは、なんていうか絵面的にまずいような？

「なあなあ、レインの旦那」

「うん？」

「ウチのためにいろいろしてくれて、ありがとな♪」

そんなティナの笑顔に癒やされるのだった。

2章　竜族の襲来

二週間ほどの休暇を取り、俺達は活動を再開することにした。

イリスの事件で受けたダメージや疲労は回復したし、英気も養った。それに、これ以上のんびりしていると、体がなまってしまいそうだ。

みんなも次の冒険を求めているようで、うずうずしている様子。

再び冒険者としてがんばることにしよう。


「こんにちは」

「あら、シュラウドさん。それに、タニアさんも。ようこそ、冒険者ギルドへ」

冒険者ギルドを訪ねると、ナタリーさんが笑顔で迎えてくれた。この笑顔を見るのも久しぶりのような気がする。

イリスの事件の間は、長いこと南方へ出ていた。その後も、事後処理で忙しくしたり、休暇をとっていたりしたため、顔を合わせる機会がなかったんだよな。

「ふふんっ、喜びなさい。今日からあたしら、活動を再開することにしたから」

タニアが胸を張って、偉そうに言う。

そんなタニアの言葉に、ナタリーさんが笑顔になる。

「そうなんですか⁉　よかった、すごく助かります。シュラウドさん達がいないと、なかなか依頼が解決しなくて」

「そんなことないだろう？　俺達以外にも、冒険者はたくさんいるんだから」

「それはそうですが……でも、シュラウドさん達ほどの力を持った冒険者となると、どうしても限られてくるので」

「そうかな？」

「そうなんですよ。まったく……シュラウドさん達は、今や、この街を代表する冒険者パーティーの一つなんですからね。しばらく休暇を取ると言われた時は、ちょっとした絶望でしたね」

ナタリーさんが遠い目をして、乾いた笑みをこぼす。それは演技ではなくて、本心からの言葉みたいだ。

そんな反応をされるくらい、俺達は、いつの間にか有名になっていたらしい。驚きだ。ただ、みんなでコツコツと築き上げてきた結果だと思うと、誇らしい気分になる。

「そんなわけで、なにか良い依頼はないかしら？　あたしらの復帰にふさわしいような、ぱーっとした派手なものがいいわね」

「こらこら。勝手にそういうことを決めない」

「あいた⁉」

タニアの頭をコツンとやった。

「うー……なにするのよ、レイン」

「いきなり派手な依頼を請けるなんてこと、しないように」

「でもでも、ここ最近、あまり体を動かしてなかったし……久しぶりにスカッとしたいじゃない？」

「わからないでもないけど……でも、いきなり派手に動いたら、体がびっくりして事故を起こしてしまうかもしれないだろ？　まずは準備運動っていう感じで、軽い依頼にしておかないと」

「なるほど……それもそうね」

「というわけで、なにか依頼はありますか？　できれば、そんなに負担のかからない軽めのもので」

「うーん、そうですね……」

ナタリーさんは棚からファイルを取り出して、パラパラと用紙をめくる。

「でしたら、ハンターウルフの群れの討伐などはいかがでしょうか？」

「ハンターウルフ？　なんか、前にも似たようなヤツいたわよね」

「ホーンウルフのことか？　名前は似てるけど、まったくの別種だよ。ハンターウルフは魔物で、頻繁に家畜を襲うし、時に人を襲うこともある。害しかない魔物だ」

「迷惑なウルフ、ってことね」

「今回は、農家の方からの依頼です。最近、群れをなして行動しているみたいで、家畜に被害が出ているそうです。家畜を守ること、群れを駆除すること。この二つが依頼達成の条件ですね。体を慣らすという意味では、ちょうどいい案件かと」

「んー……ちょっと華に欠けるけど、まあ、仕方ないわね。あたしはそれで構わないわよ」

タニアは賛成らしい。

俺は、そうだな……

「群れというのは何頭くらい？」

「正確にはわかりませんが、五十に届くほどらしいです。なので、けっこうな難易度になってしまい、依頼を請けてくれる方がいなくて……」

ナタリーさんが期待するような目をこちらに向けてきた。

苦笑しつつ、頷く。

五十はけっこうな数だけど、みんななら問題はないだろう。

「了解。それじゃあ、その依頼を請けるよ」

「はい、わかりました！　ありがとうございます、シュラウドさん。ではでは、さっそく手続きをしてしまいますね」

こうして、俺達は久しぶりに依頼を請けたのだった。

◆

ハンターウルフによる被害は、日に日に増しているという。どうやら、群れ全体で繁殖が行われているらしく、どんどん数が増えているとのこと。

家畜が何度も何度も襲われてしまい、農家にとっては深刻な問題だ。

なので、俺達はその日のうちに依頼に取りかかることにした。

カナデとソラとルナに家畜を守ってもらい、残りのメンバーでハンターウルフを討伐するという作戦を立てた。

細かい行動は現場の判断に任せる。臨機応変だ。

ハンターウルフなら、これくらいの作戦でも問題はないだろう。俺達の連携はバッチリだと思うし、みんなの力に関しては、なに一つ疑っていない。


そして……俺とタニアとニーナとティナの四人は、街から離れたところにある森の中を歩いていた。俺達の班は、討伐隊だ。

依頼主の話によると、ハンターウルフは森の奥を住処にしているらしい。

「ふふーんっ、久しぶりに暴れられると思うと、腕が鳴るわ」

「ほどほどにしておいてくれよ？　やりすぎて森を燃やすとか、そういうことはなしで」

「あたしのこと、なんだと思ってるのよ？」

タニアにジト目で睨まれてしまう。

でもタニアって、時々……いや、かなりの頻度で、危険な発言をするんだよな。焼き払うとか薙ぎ払うとか、燃やし尽くすとか。ちょくちょく言っていると思う。

出会ったばかりの頃は、迷いの森を焼き払おうとしていたし……そんなだから、いつか本当にやらかしてしまうのでは？　なんていう不安があったりする。

「あー、ええなー。昼なのに外に出て自由に動けるって、ちょー新鮮な気分や」

ニーナの頭の上で、人形の体を得たティナがごきげんに鼻歌を歌っていた。とてもうれしそうな彼女を見ていると、こちらも微笑ましい気持ちになる。

それにしても……ヤカンでも人形でも、ニーナの頭の上が定位置なんだな。

なにかこだわりでもあるのだろうか？　ニーナの頭の上は居心地がいいとか？

「牛さん、ヤギさん達をいじめる魔物、は……ダメ。わたし、がんばるから……ねっ」

ニーナは気合を入れていた。がんばる理由が微笑ましい。

ただ、ニーナはあまり戦闘能力はないから、無理はしないでほしい。

って、そう思うのは過保護かな？　ニーナが聞いたら、『わたしも戦えるよ』と、拗ねてしまいそうだ。

「ねえねえ、レイン」

ふと、タニアが話しかけてきた。

「うん？」

「あたしの心配はしてくれないの？」

「……なんで、俺の考えていることが？」

「ふふっ。レインってわかりやすいもの。顔を見ていればわかるわ」

まいったな。今後、タニアの前で変なことは考えられなさそうだ。

「ま、そこがレインの良いところでもあるから、そのままでいなさいよね」

「褒められているんだか、からかわれているんだか」

「あら、心外ね。きちんと褒めているのに」

「そうは思えないから困るんだよ」

苦笑をして……それから、表情を引き締める。

「まあ、おしゃべりはここまでにして……」

「ええ、そうね。そろそろ、仕事をするとしましょうか」

俺とタニアが身構えて、ニーナとティナも鋭い目になる。

ほどなくして、ピリピリとした殺気が叩きつけられてきた。木々の合間から、一頭、また一頭とハンターウルフが現れる。凶悪な牙をむき出しにして、低い唸り声をあげている。

「聞いていた通り、けっこうな数だな」

「ふふーんっ。これくらい楽勝ね。あたしを相手にするなら、この百倍はいないと」

「いや、それは無茶だろう」

「あたしならできるわ」

その自信は、いったいどこから出てくるのだろう？

でも、でたらめと言えないところがタニアの怖いところでもあり、頼りになるところだ。

「それじゃあ、いくわよっ！」

タニアが大きな声をあげて、それを合図に、俺達は一斉に突撃した。


「はっ！」

カムイを縦に一閃すると、ハンターウルフの体が両断されて、地面に転がる。ガンツにメンテナンスをしてもらったからか、切れ味は抜群だ。

「んっ！」

近くを見ると、ニーナがハンターウルフの頭上に転移して、真上から蹴りつけていた。

そこをティナが念動力で押しつぶすという、見事な連携を見せる。

そして、タニアは……

「これで終わりよっ！」

我らがエースのタニアは、尻尾を鞭のように振るい、ハンターウルフを三頭まとめて薙ぎ払った。

痛烈な一撃を受けたハンターウルフは立ち上がることができず、そのまま、魔石へと姿を変える。

「ま、こんなところかしら？」

「油断しないように。まだ生き残りがいるかもしれないぞ」

「そう？　でも、そんな気配は……えっ、ちょっと待って。なにこれ⁉」

タニアが周囲の気配を探り、その顔を強張らせた。

なんだ？　いったい、何が……？

問いかけようとした、その時、

「キシャアアアアッ！」

大気を裂くような鋭い雄叫びが響いた。

慌てて声がした方に駆け出して……予想だにしないものを見つけて、唖然とする。

空を覆うほどに強大な翼。

鋼鉄よりも硬い鱗。

槍のように鋭い牙。

天空の覇者、生物の頂点に立つ者、強者を超える王者……ドラゴン。

またの名前を……最強種、竜族。


「どうして、こんなところに竜族が⁉」

突然のことに驚いて、思わず動きを止めてしまう。

ただ、とあるものを見て、すぐに我に返る。

「あっ、あぁ……」

冒険者らしき格好をした男が、ドラゴンに睨みつけられていた。

ハッキリとした敵意……いや。それ以上の殺意をぶつけられていて、動くことができない様子だ。

「まずい！」

事情はよくわからないが、あの人を放っておくことはできない。

俺はカムイを抜いて駆け出す。

「こっちだ！」

「グァッ！」

ドラゴンの頭に斬りかかるものの、ギィンッ！　と甲高い音と共に刃が弾(はじ)かれてしまう。

くっ……さすがに固い！

ただ、注意を俺に向けることはできた。ドラゴンは低い唸り声をあげて、俺を睨みつける。邪魔をするならお前から食らってやろう、というような感じで殺意をぶつけられる。

殺気が実体化しているかのようで、怯(ひる)み、膝をついてしまいそうだ。それほどまでに濃厚で濃密で濃縮された殺意だった。

タニアが駆けてきて……

「レインっ、大丈夫⁉」

「っ」

気の所為(せい)だろうか？　タニアを見たドラゴンは、動揺したような？

「あっ⁉」

ドラゴンはその巨大な翼を羽ばたかせて、一気に空へ飛翔(ひしょう)した。そのまま反転して、遠くへ飛び去ってしまう。

タニアがこちらの顔を見る。

「レインっ、どうする⁉　あたしならまだ追えるわよ！」

「……いや、やめておこう。タニアでも一人は危険だ。それに、事情がよくわかっていないし……なによりも、この人を優先させないと」

「んー……まあ、レインがそういうならいいわ。了解」

タニアは追いかけたかったらしく、少し微妙な顔をしていた。同じ竜族ということもあり、気になっているのかもしれない。

「大丈夫か？」

「あ、ああ……助かったよ」

男に声をかけて、手を差し出す。男は素直に俺の手に掴まり、立ち上がる。

「ホント、危なかったよ。もう少しでアイツに食われ……ひっ!?」

男がタニアを見て、小さな悲鳴をあげた。角や尻尾が生えているのを見て、遅まきながらタニアが竜族であることに気づいたらしい。

「心配しないでくれ。タニアはさっきのヤツとは違う。人を襲ったりしないよ」

「人の顔を見て悲鳴をあげるなんて、失礼な人間ね。助けてやったのに。まあ、いいわ。あたしは寛大だから許してあげる。ふふんっ」

「タニア、は……いい子、だよ？」

「ウチが言ってもしゃあないかもしれんけど、タニアは悪いことはしないって保証するで」

遅れて追いついてきたニーナとティナも、タニアのフォローに回る。

それを見た男は、さらに不思議そうな顔に。

「な、なんだ？　もしかして神族？　それに……人形？」

「タニアも含めて、みんな、俺の仲間だよ」

「さ、最強種が仲間？　なんだ、それ。冗談か……？」

男は唖然とするものの、ややあって、なにか気がついた様子で大きな声をこぼす。

「あっ⁉　あんた、もしかしてホライズンの英雄か⁉」

「えっと……一応、そう言われているけど」

「そっか、あんただったのか。なるほど、それなら最強種が仲間でも納得だよ」

英雄と呼ばれることはむずがゆいのだけど、今はその呼び名が役に立ったらしい。俺達が怪しい者ではないと確信を持てたらしく、男の表情から警戒の色が消えていく。

「それよりも、事情を聞いてもいいか？　いったい、どうしたんだ？」

「俺が聞きたいよ。もう、わけがわからなくて……」


話を聞いてみると、男はDランクの冒険者らしい。魔物の討伐ではなくて、薬草や鉱石などの採取を専門としているという。

今日も、いつものように森に採取に出た。

しかし、魔物達の様子がおかしい。なにかに怯えているような感じで、気が立っている個体が多く、温厚な魔物も襲いかかってきたのだとか。

おかしいと思いつつも、彼は仕事を優先させた。

その結果、どこからともなく飛来したドラゴンに襲われてしまう。

最悪の結果となり、死を覚悟したものの……あわやというところで俺達が駆けつけて、事なきを得た、というわけだった。

「なるほど」

男の話を聞いた俺は、難しい顔になる。

彼がなにかしたわけではなくて、ドラゴンの方からやってきたらしいが……普通に考えて、そんなことはありえない。

男が嘘をついていて、なにかやらかしたのなら別だけど、その様子もない。

どうして、こんなところに？

タニアの例もあるから、たまたま遭遇した、という可能性もあるのかもしれないが……しかし、人を襲う理由に心当たりがない。

人と竜族は仲が良いというわけではないが、悪くもない。出会い頭に襲うなんてこと、ありえないのだけど……うーん、ダメだ。情報が少なくて、コレと判断することができない。

あのドラゴンは、明らかに人を襲っていた。明確な敵意を持っていた。

もしかしたら、大きな事件になるかもしれない。そんなイヤな予感を覚えた。

◆

念のため、俺とタニアで男を街に送り届けた。またドラゴンが現れないとも限らないし、用心するに越したことはない。

ちなみに、ニーナとティナはカナデ達のところへ行ってもらった。依頼が完了したことと、今回のことを伝える役目を頼んだのだ。

「ふう、やっと戻ってこれたか」

街に入ったところで、男が安堵（あんど）の吐息をこぼした。ドラゴンに襲撃されたことで、街に戻るまでは安心できなかったのだろう。

男が笑顔をこちらに向ける。

「ありがとう、助かったよ」

「気にしないで。それよりも、また同じことが起きるかもしれないから気をつけて」

「またドラゴンが現れるって？　はは、冗談だろう。そんなこと滅多にあるものじゃないさ」

「冗談で済めばいいんだけどな」

「とにかく、本当に助かったよ。あんた達は命の恩人だ。この礼は……」

「いいよ。同じ冒険者仲間なんだから、気にすることないさ」

「そんなわけにはいかない。とはいえ、大したことはできないからな……まあ、なにかあったら遠慮なく言ってくれ。必ず力になるからな」

男は何度も頭を下げて、この場を後にした。

「あの男、あんなんで大丈夫かしら？」

タニアが疑問顔で言う。

「と、いうと？」

「なんか、楽観的すぎない？　ドラゴンに襲われたっていうのに……普通、もっと危機感を持つべきでしょ。まあ、あたしが言うことじゃないかもしれないけど」

「いや、タニアの言う通りだと思う。普通は、ドラゴンに襲われるなんてことないからな。ちょっと聞いておきたいんだけど、この辺りにタニアの同族はいるのか？」

「いない……はずなんだけど、絶対とは言い切れないのよね」

　タニアは難しい顔をした。

　考えるような仕草をとりながら、ゆっくりと言葉を続ける。

「あたしら竜族の里は、ここから遠く離れたところにあるの。でも、全ての竜族が里にいるわけじゃなくて、あちらこちらを放浪する竜族もいるのよ。あたしみたいに」

「なんで放浪を？」

「あたしみたいに修行の旅とか。あとは、気ままな旅をしていたり、各地で力試しをしていたり、悪党退治だったり……まあ、色々よ。気ままな種族なのよ、あたしらって」

「人を襲うことは？」

「基本的に、そんなことはしないはずなんだけど……これも絶対とは言い切れないのよね。困ったことに」

　タニアは、やれやれ、という仕草をとる。

「竜族の中には、『人間は悪！　滅ぼさなければならない』、なんて過激な思想を持ったヤツもいるわ。もちろん、そんな極端なヤツはごく一部なんだけど……でも、そういうヤツもいるから、なんともいえないのよ。他にも、似たような思想を持った困ったちゃんもいるし」

「それはまた……困ったものだな」

「ホント、困ったものよ」

タニアと一緒にため息をこぼす。

そんな過激思想を持つ竜族が今回の犯人だとしたら、大変なことになるかもしれない。

大事にならないうちにどうにかしたいものの……さて、どうしたものか？

「うん？」

あれこれと考えていると、見知った顔を見つけた。

ステラだ。

部下らしき騎士を二人連れて、こちらに歩いてくる。その視線は俺ではなくて、タニアに向けられている。

「あら、ステラじゃない。こんにちは。こんなところでどうしたの？」

タニアは気軽に声をかけるものの、ステラは厳しい表情だ。

挨拶に応じることなく……抜剣する。

「タニアよ。すまないが、そなたを逮捕する！」

「は？」

突然、逮捕すると言われて、タニアの目が丸くなる。たぶん、俺も似たような顔をしていると思う。

もしかして、ステラなりの冗談なのだろうか？

そんなことを思うけれど、彼女の顔は至って真面目だ。部下らしき二人の騎士も、いつでも剣を抜けるように柄に手をかけていて、タニアを左右から囲んでいる。

「ちょっとちょっと、本気？　なんであたしが逮捕されないといけないのよ」

いきなり逮捕すると言われて、タニアは機嫌悪そうに怒気を放つ。

タニアの怒気にあてられて、部下らしき二人の騎士は息を飲むが、さすがというべきか、ステラは怯むことなくタニアに向けた剣を逸らさない。

「本気だ。おとなしく、騎士団支部まで来てもらおうか」

「ふーん……よくわからないけど、本気みたいね」

タニアの目が猛禽類のように鋭くなる。

「でも、そういうことは相手を見て言った方がいいわよ？　このあたしを力ずくでどうにかできると思うなんて、愚かの極みね。その甘い考え、叩き直して……」

「まったまった！」

戦闘態勢に入るタニアを慌てて止めた。

「ちょっと、なんで止めるのよ⁉」

「こんな街中で戦おうとするな！　あと、まずは事情を聞かないと」

「あたしを逮捕する、って世迷い言をぬかすヤツの話なんて、聞く必要ないわ」

つーん、とタニアがそっぽを向いた。いきなり逮捕すると言われて怒っているらしい。

気持ちはわからないでもないけど、もうちょっと落ち着いてほしい。こんなところでタニアが暴れたら、周囲にどれだけの被害が出るか。

もちろん、俺もタニアの逮捕に納得したわけじゃない。いざという時は武力行使も辞さないが……相手はステラだ。信用できる相手なので、まずは話を聞くべきだろう。

「俺も一緒に同行するが、構わないか？　そして、ひとまず事情を聞かせてほしい。それを約束してくれるのなら、おとなしくするよ」

「うむ。それで構わない。元より、きちんと説明するつもりではあったし、レインにもついてきてもらいたいと思っていた」

「ふんっ、どうかしら。問答無用、って感じがしたけどね」

「ひねくれない、ひねくれない」

「むう」

拗ねるタニアをなんとかなだめつつ、俺達は騎士団支部へ。

中へ入り、個室に案内された。客間らしく、簡単な家具が備え付けられている。尋問室でないところを見ると、ステラに敵対する意思はないのだろう。

タニアと並んでソファーに座り、テーブルを挟んだ対面にステラが座る。二人の部下は部屋の入り口で待機した。

「それで、どういうことなんだ？」

「うむ。言いにくいことではあるのだが……実は、ここ最近になってドラゴンの目撃情報が相次いでいる。しかも、ただ目撃されるだけではなくて、襲われるというケースもある」

俺とタニアは顔を見合わせた。それは、ついさきほど起きたことと関係があるのではないか？

ただ、疑問が残る。

「ギルドでは、そんな話は聞いていないんだけど」

「ギルドとは、今後の対応について協議中でな。あまり事を大きくしたくないということもあり、今は伏せておいてもらっている。事が事だ。ドラゴンが現れて人を襲っている、なんて話が広がればパニックになりかねない。慎重に事を進める必要がある」

「なるほど、確かに」

「それで……先程、今後の方針が決められた。我々騎士団及び冒険者ギルドは、これ以上被害が拡大しないうちに、犯人を捕まえることにした」

「ちょっと！　なんで、それであたしを逮捕するっていう話になるのよ？」

「それについては本当に申しわけなく思う。このホライズンの近くで確認されているドラゴン……竜族は、タニアしかいないのだ。そのことで騎士団本部と冒険者ギルドの上層部は安易な判断をして、タニアを逮捕しろという命令が……」

「呆（あき）れた。事実関係をちゃんと確認しないで、あたしが竜族だからっていう理由だけで犯人扱いしたわけ？　無茶苦茶じゃない。その上層部、大丈夫？」

タニアは憤るものの、俺は、ステラの気持ちも理解していた。

一緒にエドガーの問題を解決した仲だ。ステラは、タニアが人を襲っているなんて思っていないだろう。

しかし、タニアの人柄を知らない上層部は、彼女を犯人と決めつけた。そうすることで事態の早期収束を図り、支持を高めようという狙いがあるのだろう。

とんでもない話ではあるが、国に仕える身である以上、ステラは命令に逆らうことはできない。仕方なく、タニアを拘束したのだろう。

「すまない……面目次第もない」

「ステラに謝られると、あたしが悪いことしてるみたいじゃない。上の命令に逆らえないんでしょ？　でも、おかしいと思ってるから、あたしを無理やり監禁することはしないし、こうして事情も説明してくれている。そういうところは、その……感謝してるわ」

「そう言ってもらえると、ありがたい」

頭を下げるステラ。

こちらこそ配慮してもらい、助かっている。

「そういうことなら、解決するのはわりと簡単かもしれないな」

「それはどういうことだ？」

タニアの他にドラゴンがいたこと。そのドラゴンが冒険者を襲おうとしていたこと。

不思議そうな顔をするステラに、それらの出来事を詳細に説明した。

「ふむ……つまり、タニアとは違うドラゴンがもう一人、いたというわけか」

「実際に人を襲っていたし……十中八九、犯人はそいつだろうな。犯人がわかっているのなら、いくらでもやりようはある」

「なるほど、確かに」

「よし！　それじゃあ、あたしの容疑は晴れたわね？　もう帰っていい？」

笑顔でタニアが言うものの、ステラは首を横に振る。

「すまないが、それは許可できない」

「なんでよっ⁉」

「レインの話だけでは証拠としては弱い。もちろん、私はタニアがそのようなことをするわけがないと信じているが……上は頭が固くてな」

「なら、他に証拠があればいいのか？　俺達が助けた冒険者に証言を依頼するのは？」

「上を納得させるには少し足りないな。レインはタニアの仲間だ。仲間のために虚偽の証言をさせた……と、上は判断するかもしれない」

「なによそれ。虚偽証言は、確か重罪なんでしょ？　それなのに、そんなことをするかもしれない、って判断するわけ？」

「正直、その可能性が高いな」

「呆れた。ステラのところの上って、頭が固いどころの話じゃないわね。頭弱いんじゃない？」

タニアの暴言を気にすることなく、ステラは申し訳なさそうな顔をした。

ただ……上層部の考えることも、わからないでもない。

騎士団を管理する立場となれば、強大な権力を持っている。言い換えれば、その背中に負うものは途方もなく大きい。一つ、判断を間違えてしまうと、甚大な被害が生まれるかもしれないのだ。

故に、上に立つ者にミスは許されない。ありとあらゆる可能性を検証して、慎重に行動して、真実を追求していかなければいけない。単純に、現場にいる俺の言葉を信じる、というわけにはいかないのだ。

「それに、だな。言い辛いのだが……」

「なによ？　まだなにかあるの？」

「肝心のドラゴンが、『俺は竜族のタニアだ！』と名乗っているらしい」

「なっ⁉」

「私はタニアのことを知っているから、まったくの別人であるとわかるが、知らない人にとっては判別がつかない。この街にいる人は、大体はタニアのことを知っていると思うが、街から離れたところにいる上の者となると……なおさら、な」

「あたしの名前を騙るなんていい度胸じゃないの！　ああもうっ、苛つくけど、ステラにあたっても仕方ないわね……納得。そういう理由があるなら、あたしが疑われるのも仕方ないわ」

怒るタニアに対して、ステラは弁明を続ける。

「命令がある以上、放置というわけにはいかないのだ。すまないが、捜査をしている間は、ここから外に出ないでくれないか？　タニアを捕まえるわけではない。そのようなことできるわけがないし、したくもない。だから、真犯人を見つけるまでの間はここに隠れていてほしい」

「捕まえたフリをして、時間を稼ぐ。その間に真犯人を捕まえる、ってこと？」

「そういうことだ。軟禁ということになってしまうため、外出はできないが……なにか要望があれば、できる限り応えるようにしよう」

「なにそれ、すごくめんどくさそうなんだけど」

タニアがむくれた。

その気持ちはわかるのだけど、でも、ステラの立場も理解できる。上層部としても、確かな情報がない以上、タニアを野放しにはできない……という思惑も理解できた。

結局のところ、事件を解決する方法は一つだな。

「それなら、俺が真犯人を捕まえてくるよ」

「レイン？」

タニアが驚いた様子でこちらを見た。

「あたしの問題なのに、レインに迷惑をかけるなんて……」

「タニアの問題は俺の問題だよ。仲間だろう？」

「……レイン……」

仲間が疑われているのなら、助けるのは当たり前だ。

タニアの名前を騙るドラゴンを、一発殴らないと気が済まない。

「ドラゴンがもう一人いて、そいつが事件の犯人だということを証明できればいいんだろう？　なら、俺が真犯人を捕まえれば問題のない話だ」

「それは……うむ。確かにそうなるが、いいのか？　今回の件は我ら騎士団で解決するつもりでいた。相手は危険なドラゴンで、レインの手を煩わせるつもりはなかったのだが……」

「タニアが巻き込まれているんだから、他人事じゃない。無実を証明するためなら、俺はなんでもやるよ」

「……ありとう、レイン」

タニアがうれしそうな顔をして、じっとこちらを見つめた。

ちょっと頬が赤いところを見ると、照れているのだろうか？

でも、照れるような要素はないと思うのだけど？

「えっと……タニアはここで待っててくれないか？　不自由をかけるかもしれないけど、それも少しの間だけだ。絶対に真犯人を捕まえてみせる」

「……」

「タニア？」

「あっ……そ、そうね。まあ、レインがそこまでいうのなら、任せるっていうかお願いするというか……とにかく、あたしのためにがんばりなさいよ!?　失敗したら許さないんだからっ」

「失敗するわけないだろう。タニアのためなんだから、必ず成功させる」

「あ、あたしのためって……うぅ。レインってば、時折、こういうドキッとさせるようなことを言うのよね。まったく、侮れないわ」

「タニア？」

「ううん、なんでもないわ。とにかく、任せたからね？　あたしの無実を証明するために、バカなことをしてる同胞を捕まえてきてちょうだい！」

「ああ、任せてくれ」

　タニアの言葉に、俺はしっかりと頷いてみせた。

◆

　騎士団支部を出た後、みんなと連絡を取り、街の広場で合流した。

　それから、タニアのことについて話した。

「にゃうー……タニアのニセモノ、許せない！　悪いことをしてタニアに罪をかぶせるなんて！」

「どのような意図があってのことなのか、そこが不明ですね。動機の解明が必要となりますが、それよりもまず最初に、許せないというのは同意見ですね」

「我らが真犯人を捕まえて、ボッコボコにしてやるのだ！」

「タニアのために、わたし……がんばる、よっ」

「ウチらを敵に回したこと、後悔させてやらんとな。やったるで！」

　みんな、自分のことのように怒っていた。

　頼もしいのだけど、同時に、やりすぎてしまわないか心配になった。

「じゃあ、みんな行くよーっ！」

　カナデが拳を突き上げながら、出発進行とばかりに足を進めた。

慌ててその肩に手をやり、止める。

「ストップ。行くって、どこへ行くつもりなんだ？」

「街の近くを見て回って、ドラゴンを見つけたら殴る！」

猪突猛進すぎる。

「アテがないのに探し回っても仕方ないだろう？　そんなことをしても、いたずらに時間を消費するだけだ」

「にゃあ……そういわれると、そんな気が」

「なら、どうするんや？」

ティナが首を傾げながら、尋ねてきた。体がヤカンから人形に変わり、こんな細かい仕草もできるようになったのだ。

「被害に遭った人や目撃者のところへ話を聞きに行こう。なにか情報を得られるかもしれない」

ステラに頼んで、被害者と目撃者のリストを作成してもらった。

事件の初期段階なので、リストに載っている人は十人ちょいだ。少ないかもしれないが、全ての証言を一つにまとめれば、なにかしら見えてくるものがあるかもしれない。

「あまり時間をかけたくないから、三つのグループに分かれて聞き込みをしよう」

「はいはーいっ、私、レインと一緒がいいな！」

カナデがまっさきに挙手をした。

そんなカナデを見て、ソラとルナが不思議そうな顔になる。

「やけに勢いよく立候補しましたね。なにかあるのでは？　と疑ってしまいます」

「そういえば最近のカナデは、ちょくちょくレインと一緒にいたがるな。我はうらやましいぞ、と妬いてみる」

「そ、そそそ、そんなことにゃいよ⁉　私は、特に何も……えっと、えっと……ただ、レインの力になれたらなあ、って思っているだけでなにもないよ⁉」

「「あやしい」」

あたふたと慌てるカナデを見て、ソラとルナがジト目に変わる。

そんな二人の視線を受けて、さらにカナデが慌てて……

「って、話がそれているからな」

とにもかくにも、みんなを落ち着かせた。

「グループ分けは、そうだな……俺とカナデ。ソラとルナ。ニーナとティナで」

「結局、いつもの組み合わせやな」

「わたし……がんばる、よ？」

ニーナが小さい拳をぎゅっと握りしめて、気合を入れていた。

その頭の上で、ティナも気合を入れるポーズをとる。

「一時間後にここで。大丈夫だとは思うけど、念の為に気をつけるように」

「はい、問題ありません。なにか起きたらルナを盾にしますから」

「妹シールド⁉」

「いって……きます」

「ウチの軽快なトーク術、見せてやるでー」

みんなが散らばり、俺とカナデが残される。

「それじゃあ、俺達も行こうか」

「うん、そうだね……あっ」

なにか気がついたような顔をして、カナデが足を止めた。

「……図らずも、レインと二人きり。こんなチャンス、めったにないよね？　よね？　な、なら、ここは……せ、攻めるべきじゃないかな⁉」

「カナデ？」

「にゃう⁉　え、えっとぉ……」

カナデはあちこちに視線を飛ばして……ややあって、なぜか赤い顔をしてこちらを上目遣いに見る。その瞳はしっとりと濡れていて、なにかを期待しているかのようだ。

「あのね？　えっと、そのぉ……手を繋いでもいいかな？」

「うん？　手を？」

はぐれるから……ということなのか？

確かに、今日はそこそこ人が多い。それに以前、カナデとは街中ではぐれた経験がある。

「いいよ。ほら」

「い、いいのっ⁉」

「なんで驚くんだ？　別にいいさ、手を繋ぐくらい」

「にゃあ♪」

カナデはうれしそうに俺の手を握る。尻尾が落ち着きなく、左右にふりふりと揺れていた。

「タニアには悪いけど、私、幸せだよぉ♪」

「よくわからないが、行くぞ？」

「うんっ！」

とてもごきげんなカナデと共に、聞き込みに出発した。


一時間後。

聞き込みが終わり、俺達は元の場所で合流した。

「ソラ達が聞いたところによると、ドラゴンは北の山へ飛び去るのが見えた、ということです」

「わたしたち、も……同じだよ。山の方で……目撃情報が、たくさんあるの」

「俺達が聞いた話と似ているな。なんでも、山から飛来してくるところを見た人がいるらしい」

それぞれが得た情報を交換して、話をまとめる。

「つまり……タニアの名前を騙るニセモノは、北の山を住処にしている、っていうことか」

「うむ、それで間違いないと思うぞ」

「せやな。他にそれらしい話を聞くことはできなかったし、問題ないと思うで」

みんな、異論はないようだ。

「それじゃあ、出発進行ーっ！」

「ストップ」

カナデが元気よく言うものの、再び待ったをかける。

「にゃん？」

「山へ行くとなると、それなりの準備をしないと。下手したら、数日かかるかもしれないだろう」

「にゃー、それもそうだね」

「しかし、なるべく早く解決したいのに、さらに時間をとられるなんてもどかしいぞ」

「仕方ありませんよ。ソラ達が無茶をして失敗したら、元も子もありませんからね」

「ん……大丈夫、だよ」

ニーナが、ちょっと得意そうな顔をした。

「準備、なら……もう、終わっているよ？」

「ん？　どういうことだ？」

「タニアのニセモノが、山にいるかもしれないって聞いて……あらかじめ、色々と買っておいたの」

ニーナは亜空間収納の入り口を開いた。中を見てみると、食料や水だけではなくて、登山用具まで一通り揃(そろ)っていた。

「すごい。いったい、いつの間に……」

「ふふーん。ニーナは、日々、成長しているんやで」

自分のことのように、ティナが誇らしそうにした。

いつも一緒にいるから、ニーナのことを相棒のように思っているのかもしれない。仲が良いらしく、なによりだ。

「あれ？　でも、金はどうしたんだ？」

財布は俺が管理しているのだけど。

「あとでいいよ……って」

「ツケにしたのか。まあ、店の人が納得しているのならいいか」

ニーナが色々な人に好かれているからこそ、ツケにしてもらうことができたのだろう。事件を解決したら、直接赴いて、お礼を言わないといけないな。

「それじゃあ、さっそく出発しようか。相手が最強種だとしても、今の俺達なら問題ないはずだ。あまりタニアを待たせないように、サクッと解決しよう！」

「「「お――――っ！」」」

半日ほどかけて北の山に到着した。

俺やカナデが他のみんなを背負い、身体能力強化魔法を使い、一気に駆け抜ければもっと時間が短縮できたのだけど……そんなことをしたらおもいきり目立つ。

タニアを騙るニセモノは積極的に人を襲っているらしいが、俺とティナ以外は、みんな最強種。警戒して、下手したら逃げられてしまうかもしれない。

なので、目立たないように、普通に徒歩で向かうことに。

「えっと……」

山に入って少ししたところで、後ろを振り返る。

「にゃんにゃ～♪」

カナデは元気いっぱいという感じで、鼻歌を歌っていた。本人にとっては散歩感覚で、山登りも楽しいのだろう。

ただ……

「ぜぇ、ぜぇ、ぜぇ……」

「ぜはー、ぜはー……ひゅ────……ひぃいいいい」

ソラとルナは息切れも激しく、今にも倒れてしまいそうだ。

「はふぅ。んっ……ふぅ……はぁ、はぁ」

「ニーナ、がんばれやー。もう少しやで！」

ニーナも疲れた様子で、額に汗を浮かべていた。そんな彼女の頭の上で、ティナはがんばれがんばれと応援をしている。

歩幅が違いすぎるので、こうでもしないとティナは置いていかれてしまうのだ。

「今日は、ここで休むことにしようか」

ちょうどいい広場を見つけたので、荷物を下ろして、野営の準備を始める。

みんなの様子を見る限り、この辺りが限界だ。

「レイン……休んでいるヒマなんて、ありませんよ……ごほっ、ごほぉっ⁉」

「早く、犯人を見つけないと……なのだ。夜も進んで……ひーっ、ふーっ」

「早く犯人は見つけたいけど、でも、無理はよくない。半日、ずっと歩いてきたし、ニセモノを見つけた時に備えて、きちんと休んでおかないと。ニーナ、疲れているところ悪いが、ひとまずシートとクッションを出してくれないか？」

「んっ」

ニーナが亜空間からシートとクッションを取り出して、地面に敷いた。

ソラとルナの手を引いて、その上に座らせてやる。

「はぁ、はぁ……す、すみません。ソラ達、完全に足を引っ張っていますね……」

「うぅ……我らは役に立たないのだ。今度から、我らのことは精霊族ではなくて、引きこもりの体力なし族と呼んでいいぞ……」

「半日も歩いていたから、疲れるのは当たり前だって。俺も疲れているし、今日はここで休もう」

「うぅ、レインが優しいのだ……」

「優しさが体と心に染みます……」

「よし、よし」

体力のなさを情けなく思い、うるうると涙目になる二人を、ニーナが慰めるように頭を撫(な)でていた。


ほどなくして日が暮れて、夜の帳(とばり)が降りた。

暗い山中で、パチパチと燃える焚(た)き火(び)をみんなで囲む。

「はふぅ……生き返りますね」

「ぬくぬくで気持ちいいのだ」

食事をして、ゆっくりと体を休めて、温まり……ほどよく回復した様子で、ソラとルナはほっこりとしていた。他のみんなも似たような感じだ。

「んぅ……ふぅ……」

ニーナがうつらうつらとして、船をこいでいた。

「ニーナ、眠いか？」

「……ん。少しだけ……」

なんてことを言いながらも、ニーナは、目を開けているのが精一杯という感じだ。やっぱり疲れていたのだろう。体が小さいから、消費する体力も多いはずだ。

ニーナの小さい体を抱えると、こちらにしがみついてきた。そのまま目を閉じて、すぅすぅと眠ってしまう。

さきほど設置したテントの中にニーナを運び、そっと寝かせる。

すると、ふわふわとティナが飛んできて、ニーナの隣に降りた。

「ウチも寝るぅ……ふわぁ」

「ゆっくり休んでくれ」

「おおきに……おやすみなぁ」

ティナは、身体的な疲労はないのかもしれないが、ずっと人形を動かしているから、それなりの魔力を消費しているのだろう。ニーナと同じく疲れていたらしく、すぐに寝息が聞こえてきた。

おやすみ、と小さな声で言って、テントを離れた。

「あ、おかえり。レイン」

「あれ？　ソラとルナは？」

焚き火のところへ戻ると、カナデしかいない。

「私がもう一つのテントに運んでおいたよ。二人とも限界だったから」

「そっか。ありがとな」

「ううん、どういたしまして」

カナデと一緒に、ゆらゆらと揺れる焚き火を眺める。

「カナデは寝ないのか？」

「んー、私は、あまり疲れてないんだよね。猫霊族って、体力だけは誰にも負けないから、これくらいなんともないよ。レインは？」

「俺も問題ないかな。カナデと契約したおかげで、同じく体力には自信があるから」

「にゃふー。さすがレインだね」

「せっかくだから、ちょっと話でもするか」

「……はっ⁉　よくよく考えてみれば、夜、レインと二人きり……こ、これは⁉」

カナデの耳がピーンと立つ。ついでに、尻尾もピーンと直立する。

「カナデ？」

「う、ううんっ、なんでもないよ⁉　なんでも⁉」

「そうか？」

なんでもあるように見えるんだけど……

「本当に大丈夫だから！」

「それならいいんだけど……」

最近、たまにカナデが挙動不審になる。その回数がどんどん増えているのだけど、なにか隠し事をしているのだろうか？

とはいえ、隠し事の一つや二つ、誰にでもある。仲間でも話せない秘密もあるだろう。

深刻に悩んでいる様子はないし、今は様子見で問題ないだろう。

「ところで、カナデは……」

「う、うんっ。なにかな⁉」

「今回の事件、どう思う？」

「……」

カナデが、なぜかものすごくがっかりしたような顔に。

「カナデ？」

「そうだよね……こういう時、そんな話題を選ぶところは、ホントにレインらしいよね。ちょっと期待しちゃったけど、そんなことないよね……にゃふぅ」

「えっと？」

「ううん、なんでもないよ。今のは、私の独り言のようなもの。気にしないで。えっと……それよりも、今回の事件だっけ？」

「ああ。タニアのニセモノが現れたことについてだけど、カナデはどう考えている？」

「なーんか、妙な話だよね」

カナデが尻尾を『？』の形にして、小首を傾げた。

どうやら、俺と同じく、カナデも疑問を抱いていたらしい。

「もう一人の竜族はタニアの名前を騙り、あちこちで悪事を働いた。普通に考えれば、タニアに罪をなすりつけようとしているように見えるが……」

「問題は、どうしてそんなことをするのか？」

基本的に、最強種は同胞を大事にすると聞く。人と近い、高潔な精神と魂を持っているから、という説もあるが……それ以上に、個体数が少ないという部分が大きな理由になる。

仲間で手を取り合い、協力しなければ生きていけない。身内で争うようなことをすれば、絶滅コースまっしぐらだ。

なので、仲間内での争いを禁じて、どんな時も手を取り合うようにしているらしい。これはみんなから聞いた話だから、間違いはないと思う。

軽いケンカをすることはあっても、本気で命のやり取りをするようなことは絶対にない。それほどまでに、種族内の絆が強いのだ。

それなのに、今回の事件では、タニアに罪をなすりつけようとしている。仲間を陥れるようなことをしている。

なぜなのか？

考えてみるものの、答えは出てこない。

「カナデはどう思う？」

「んー……竜族がもう一人、いるのは間違いないよね。考えにくいけど、仲間割れみたいなものなのかな？　でもでも、普通はありえないんだけどね。軽いケンカならともかく、今回のそれは、度が過ぎているし……」

「下手したら、タニアは人に討伐されるからな」

「そう、それ。そこなんだよね。そんなことになるかもしれないのに、タニアに罪をかぶせている……私達最強種にしたら、ありえないことなの。なにか裏に隠れている事情があるのか、それとも、敵はよっぽど強い恨みをタニアに抱いているのか」

「うーん……どちらにしても、推測の域を出ないか」

「今回の事件は大変なことになりそうかも」

「そうだな。なにが起きてもいいように、しっかりと気を引き締めないと」

それなりに修羅場をくぐってきたという自信はあるが、油断してはいけない。タニアの潔白を証明しないといけないから、絶対に失敗できない。

油断することなく確実に、しっかりと取り組むことにしよう。

「にゃー……」

カナデの耳がぺたんと沈んだ。

「どうしたんだ？」

「えっと……タニアが仲間になってから、離ればなれで夜を過ごすなんて初めてだから、ちょっと不安になっちゃって」

「そっか」

「ごめんね。私がこんなことを言ったら、レインも不安にさせちゃうかもしれないのに……」

「いいよ」

「ふにゃ⁉」

隣に座るカナデの頭を撫でた。

カナデは驚いたような声をあげて、次いで、尻尾と猫耳の毛がビリビリと立つ。

「不安なときは、素直にそう言ってくれて構わないから」

「でも……」

「そういう隠し事はしないでくれるとうれしい。俺達は仲間なんだから」

「……レイン……」

カナデの瞳が潤み、じっと見つめられた。

焚き火のせいだろうか？　彼女の頬は赤く、今まで見たこと無いような甘い表情をしている。

「じゃあ……ちょっとだけ、甘えちゃおうかな」

「ああ、どんとこい」

「えっと……えいっ」

台詞（せりふ）とは正反対に、カナデがそっと寄りかかってきた。

肩と肩が触れて、サラサラの髪も俺の頬に触れる。

「ちょっとだけ、こうしててもいいかな？」

「これだけでいいのか？」

「うん、これで十分だよ」

カナデがゴロゴロと喉を鳴らした。

静かで、穏やかな時間が流れる。

「にゃ～♪」

心地いい重さを受け止めて、柔らかい音楽のようなカナデの声を聞いて……俺達はしばらくの間、ゆらりゆらりと燃える焚き火を眺めていた。

◆

翌朝。

たっぷりと休んだことで、昨日の疲れは消えていた。みんなの顔色もよく、疲労が残っている様子はない。

「それじゃあ、さっそくドラゴンを探してみるか。ソラ、ルナ。頼んだ」

「わかりました」

「我らに任せるといいのだ！」

二人が魔法を唱えて、光の波が周囲に広がる。

以前、エドガーの屋敷(やしき)で使った、周囲の魔力反応を探るという魔法だ。ドラゴンがいるのならば、高出力の魔力反応があるはずなのだけど……

「むう」

ルナが難しい顔になった。

続いて、ソラが首を小さく横に振る。

「ダメですね。反応がありません」

「どうやら、この周囲にドラゴンはいないみたいだな」

「探知範囲はどれくらいなんだ？」

「今回は、ソラたちを中心に半径三百メートルというところでしょうか」

かなりの範囲を探知したらしいが……しかし、それ以上に山は広い。全域をカバーするとなると、何度も何度も魔法を使う必要があるだろう。

「もう一度試してみるか？　我は構わないぞ。魔力なら、まだまだたっぷりとあるからな」

「お腹を出して、ぐーすかぐーすか寝ていましたからね。あんな風に寝れば、魔力もたっぷりと回復するでしょう」

「あっ、私の口癖がとられた⁉」

「そそそ、そんにゃことしていないのだ⁉」

元気な仲間である。

「次は俺がやるよ」

二人だけを働かせるわけにはいかない。それに、探索となれば俺の方が向いているだろう。

木の枝に止まる鳥を誘い、仮契約を交わした。さらに仲間を呼んでもらい、同じく仮契約を。

そうして、十数羽の鳥を使役して……ドラゴンを見つけたら知らせるように、という命令を出して四方八方に飛ばせた。

上空からの捜索ならば、かなりの範囲をカバーすることができる。

小さい対象を見つけることは難しいかもしれないが、相手は大きな体をしたドラゴンだ。たとえ地上にいたとしても、見つけることはできるだろう。

これならば、ドラゴンを見つけることができると思っていたのだけど……


「……にゃー。なにも反応がないね」

「ないなー」

三十分後。

カナデとティナが、待つのに飽きたという感じでつぶやいた。

「……失敗？」

ニーナが小首を傾げて、そんなことを言う。

彼女の言う通り、失敗なのだろうか？　十羽以上の鳥の探索から逃れることは難しいはず。巨大な洞窟などに隠れているという可能性もあるが、その場合は、周囲に足跡や木を薙ぎ倒した跡があるはずだ。

それすらも見つからないということは……

「……あっ」

とある可能性を失念していたことに気がついて、思わず声をあげた。

「にゃん？　どうしたの？」

「よくよく考えたら、思い違いをしていたのかも」

「思い違い？」

「相手はドラゴンだろ？　タニアと同じ竜族だろ？」

「うん、そうだね」

「なら、タニアと同じように、人型になれてもおかしくないわけだ」

「あっ」

俺の言いたいことを理解したらしく、カナデが声をあげた。

俺達はドラゴンを探していたのだけど、相手がいつまでもその姿でいるとは限らない。

姿を変えていた場合、鳥を使役して空から探すという方法は無駄になる。木々の葉などで視界が遮られてしまうため、人を見つけることはかなり難しい。

失敗した。初見でドラゴン形態を見ていたせいで、その印象が強く、いつもその姿でいるものだと思いこんでいた。

普段は、タニアのように人に変身しているという可能性もある。あるいは、追手から隠れるために、人に変身して身を隠しているという可能性も。

どちらにしても、鳥を使い探すことは難しい。俺は仮契約を解除した。

「ふむ。そうなると、我らの魔法が頼りということになるか？」

「人に変身していたとしても、その魔力までは隠すことはできませんからね。ソラ達の魔法ならば、ドラゴンを確実に捉えることができるでしょう」

「ただ、範囲が広すぎる」

ここは世界に名を響かせるような巨大な山ではないが、それでも、それなりの広さがある。虱潰しに探すとなると、かなりの時間がかかってしまい、非効率的だ。

それに、相手がじっとしているとは限らない。常に移動している可能性もあり、行き違いになってしまい、運が悪いとさらに時間がかかってしまう。

「なにかいい手はないかな？」

「ほいっ」

ニーナの頭の上で、ティナが挙手をした。

「そういうことなら、ウチに考えがあるで」

「聞かせてもらえるか？」

「そういう時は、罠をしかければええんや！」

～ Another Side ～

「……」

北の山を、一人の女が歩いていた。背中に荷物を背負い、少しだけ荒れている道をゆっくりと進んでいく。

目的地は、山を越えた先にある街だろうか？

息を切らして、時折、休憩のために足を止めて……一歩一歩、山を踏破していく。

他の誰かがいれば、彼女を見て、女の一人旅は危険だと言うかもしれない。盗賊に襲われることもあるし、魔物と出会うこともある。

ただ……この山には、今、盗賊や魔物よりも危険な存在がいた。

「グルゥアアアアアッ！」

「っ⁉」

突然、どこからともなくドラゴンが飛来した。

巨大な翼をはばたかせながら、女の前に降り立つ。

「ど、ドラゴンっ⁉」

「我は偉大なる竜族のタニアだ。愚かな人間よ、我らのために死んでもらうぞ。恨むなら、このようなところを一人で出歩く自分の愚かさを恨むのだな！」

ドラゴンは咆哮(ほうこう)をあげながら巨大な前足を振り上げて、勢いよく女に叩(たた)きつける。

逆らうことは許されず、女の体は潰されてしまう……ということにはならなかった。

「なにっ⁉」

ドラゴンが驚愕(きょうがく)の声をあげた。

それもそのはずだ。女は、細い腕でドラゴンの一撃を受け止めていたのだから。

「バカな⁉　我の一撃がこのような人間に……貴様、何者だ⁉」

「ふふーん。私が何者か、だって？　答えは……猫霊族だよ！」

ぼふんっ、という音がして、女の体が煙に包まれた。

ややあって煙が晴れて、カナデが現れた。

◆

ティナの考えた作戦はシンプルなものだ。ドラゴンが人を襲い、強者を警戒するというのならば、普通の人に化けて誘い出せばいい。

まずは、ソラの魔法でカナデを見ず知らずの女の人に変身させる。それから、ルナの魔法で力を感知できないようにした。猫霊族は魔力を持たないが、見る人が見れば闘気などが自然とあふれて見えるため、そういう措置が必要なのだ。

こうして『普通の人』になったカナデは、一人で山を歩いて、ドラゴンを誘う。俺達は少し離れたところで、ドラゴンに気づかれないようにしつつ、その様子を見ていた。

そして……見事にティナの作戦がハマり、ドラゴンが現れた、というわけだ。

「タニアを騙るニセモノは、おしおきだよっ！」

カナデはドラゴンの前足を力任せに振り払う。力に特化した猫霊族でなければ、とてもじゃないけれど真似(まね)できない芸当だ。

そしてジャンプ。ドラゴンの顔面をおもいきり蹴りつける。

「グルァッ⁉」

強烈な一撃に、ドラゴンは悲鳴をあげた。

いくら頑丈な鱗に覆われていたとしても、猫霊族の力を打ち消すことはできない。衝撃が内部に伝わり、大きなダメージを受けたのだろう。

「いくぞっ！」

合図で俺達も突撃した。

「「ドラグーンハウリング!!」」

ソラとルナが同時に魔法を唱えた。衝撃波が放たれて、ドラゴンを飲み込む。

精霊族の二人による魔法攻撃だ。普通なら、この一撃で終わりなのだけど……

「グゥウウ……舐めるなあああっ！」

敵も最強種なので、簡単に終わり、というわけにはいかないようだ。ダメージを受けた様子を見せながらも、まだまだ倒れてくれない。

威嚇をするように巨大な翼を広げると、刃物のような牙が並んだ口を開いて、火球を連続で打ち出してきた。

「ふふーんっ、甘いで！」

ティナは棒のようなものを取り出して、それを魔力で覆う。迫り来る火球の前に立ち……

「かっとべやー――っ！」

なんと、火球を打ち返した！

さすがにこの展開は予想外だったらしく、ドラゴンは動揺して、打ち返された火球をまともに食らう。

とはいえ、自分の攻撃でやられる、という間抜けな展開はないらしい。二、三歩よろめいたければ、それだけだ。

「俺も負けていられないな！」

ナルカミからワイヤーを射出して、ドラゴンの首に絡ませた。

しっかりと固定されたことを確認した後、ワイヤーを巻き取る。体格差的に、ドラゴンを引き寄せることはできない。逆に俺が引っ張られる形になるのだけど、それでいい。

ワイヤーに引き寄せられる勢いを利用して、一気にドラゴンの懐に潜り込んだ。振り下ろされる前足を避けつつ、背中に飛び乗る。

「くっ、どけえええっ！」

「イヤだね」

せっかくのチャンス。この機会を逃すほど、バカじゃない。

ドラゴンは俺を振り落とそうと暴れるが、しっかりと摑まり、体を固定。そして体勢を整えた後、カムイを振り下ろした。

ギィンッ！

やっぱりというか、鋼鉄のような鱗に阻まれて刃が通らない。

みんなの力を借りないと、カムイはちょっと高性能な短剣に過ぎないから、これでダメージを与えることは難しそうだ。

「なら、これでどうだ。ファイアーボール・マルチショット！」

翼を狙い、複数の火球を撃ち出した。

炎で翼を焼かれたことで、ドラゴンは大きな悲鳴を上げて、今まで以上に激しく暴れ回る。

さすがに限界だ。振り落とされる前に、大きく跳んで自ら離脱する。

「貴様ら、もう許さんぞ。皆殺しだ！」

本気にさせてしまったらしく、ドラゴンが血走った目で睨みつけてきた。

ただ、こちらは本気を出すわけにはいかない。

タニアの無実を証明するため、コイツには自白をさせないといけないので、万が一、倒してしまったら意味がない。

そのため、手加減を強いられることになり、なかなか厳しい戦いに。

「これで消し飛ぶがいいっ！」

ドラゴンが大きく口を開くと、光の粒子が収束されていき……

「って、まずい⁉」

慌てて逃げようとするが、一歩、遅かった。

「遅いっ！　これでも喰らえっ！」

必殺のドラゴンブレス。

逃げる時間はない。隠れるスペースもない。

なら、迎撃するか？

カナデと一緒なら、あるいは……と、そこまで考えたところで、小さな影が前に出た。

ニーナだ。彼女は凛とした表情で、迫り来るドラゴンブレスと対峙する。

「んっ！」

ニーナは宙を撫でるような仕草をした。すると、景色に割れ目ができて、亜空間に繋がる道が完成する。

ドラゴンブレスはその中に吸い込まれて、そのまま消滅した。

「き、貴様……今、なにをした⁉」

「亜空間に……あなたのブレスを、ぽいって、したの」

「ば、バカな⁉　我の必殺の一撃を、そのようなことで防ぐなんて⁉」

ドラゴンは動揺していた。

俺も動揺していた。

ニーナは、いつの間にあんな技を身に着けて……？　先日、落とし物の指輪を探す時に見せた技術の応用か？　敵の攻撃を、問答無用で亜空間に放り込んでしまうなんて、ある意味で最強ではないだろうか？

「ライトニングストライク！　テンペストストライク！」

この隙を逃すつもりはないと、ソラが二つの魔法を同時に唱えた。雷と嵐が同時に吹き荒れて、ドラゴンの巨体を覆う。

「そしてここで、フリーズストライク！　なのだっ」

間髪入れず、ルナも魔法を放つ。双子の姉妹ならではのコンビネーションだ。

巨大な氷の檻がドラゴンを包み込んだ。

ドラゴンは暴れて檻を破壊するが、魔力で強化されているらしく、次から次に氷が湧き出してくる。逃げることは叶わず、氷の檻に囚われる。

「レインっ」

「ああ！」

カナデがこちらを見て、なにを求めているのかすぐに理解した。即座に実行に移す。

「ブースト！」

魔法を使い、カナデの身体能力を引き上げた。

「にゃんっ！」

カナデは空高くジャンプ。くるくると回転しながら落下して……

「これで……終わりいいいいいっ！」

落下速度と回転速度を拳に乗せて、強烈な一撃をドラゴンの額に叩き込む。

「……」

ドラゴンは悲鳴をあげることもできない様子で、ぐらりとよろめいて……そのまま倒れた。

額から血を流しているが、ちゃんと生きている。ただ気絶しているだけみたいで、手足をピクピクと動かしている。

「私達の勝ち！　びくとりー！」

カナデがにっこりと笑い、勝利のポーズを決めるのだった。

◆

「「アースバインド!!」」

ソラとルナが同時に魔法を唱えた。大地が隆起して、倒れているドラゴンを飲み込む。足を、腕を、翼を搦め捕る。

一分後。

ドラゴンは大地に飲み込まれるようにして、その体を拘束された。

ソラとルナの膨大な魔力が込められた魔法だ。いくらドラゴンとはいえ、そうそう簡単に抜け出すことはできないだろう。

「くっくっく……さあ、お楽しみの拷問タイムなのだ！」

ルナが悪い顔をして言うのだけど、よく似合う。

「拷問してどうするのですか。尋問ですよ、尋問」

「む？　そうなのか？」

冷静な姉のつっこみに、ルナは不思議そうに言った。ボケているわけじゃなくて、素らしい。

そんなに拷問がしたいのだろうか？　たまに恐ろしいな。

「ねえ……ティナ。ごーもん、って……？」

「ニーナは知らんでええことや。気にすることないでー」

ニーナの教育に悪そうなので、ルナに任せるわけにはいかないと、俺が前に出た。

軽くドラゴンの頭を揺する。

「おい、起きろ」

「……うっ」

何度か揺すると、ドラゴンはゆっくりと目を開けた。

「ここは……？」

「くっはっは、お前の命は我が手の平の上にある。我の気分次第で、デッドオアアライブなのだ。恐ろしかろう？　よくよく考えて発言をするがふぎゃ⁉」

「レインの邪魔をしてはいけませんよ」

「今、本気で殴ったのだ、痛いのだ……ぐすん」

ルナがソラに怒られて退場した。ちょっとかわいそうだけど、話が進まないので、仕方ないと思うことに。

「今のは気にしないでくれ。それよりも、聞きたいことがあるんだけど……」

「ふんっ、人間などに話すことはなにもないな」

ドラゴンは敵意たっぷりの目で睨みつけてきた。竜族に恨まれる覚えなんてないから、元々、人が嫌いなのだろうか？

その瞳は刃のように鋭く、憎しみの色が見えた。

「なら、私になら話してくれる？」

「猫霊族か……」

敵視しているのは人だけらしく、ドラゴンの態度が少し柔らかくなる。

「あなたがタニアの名前を騙って、悪さをしていたんだよね？　どうしてそんなことをしたの？」

「我らの正義のためだ」

「にゃん？　正義？」

タニアの名前を騙り、悪事を働く。それが、どうして正義に繋がるのだろうか？　わけがわからない、という感じでカナデが小首を傾げた。

そんなカナデに、ドラゴンは、大義は我にありという感じで話をする。

「猫霊族の娘よ。お前ならば俺の言うことがわかるはずだ。俺達の正義がわかるはずだ」

「にゃー……あなたの正義、っていうのはどんなことなの？」

「誇りだ」

きっぱりと言い切るドラゴンの瞳は、どこか自分に酔っているようでもあった。

「俺達竜族は、最強種だ。人間とは比べ物にならない力を持ち、生態系の頂点に君臨している」

「まあ……うん。一応、そうなるよね」

このドラゴンは最強種であることに誇りを持っているらしく、自分がいかに優れた存在で尊い存在であるか、流暢な言葉で語る。

一方のカナデは、特にそんなことは思っていないらしく、適当に相槌を打つ。

カナデに限らず、猫霊族はプライドが高いわけじゃない。気軽に気さくに人と接するため、優れた存在とか、そういうものはどうでもいいのだろう。

「竜族は人間から敬われなければならない。人間などと肩を並べるなんていうことは、決してあってはならないことだ。それなのに……あのタニアという小娘は、人間に媚びへつらい、竜族の誇りを売り渡した」

「タニアはプライド高いぞ？」

「竜族らしいですよね」

後ろでルナとソラがそんなことを言うが、ドラゴンは聞こえていないらしい。

構わずに話を続ける。

「あの小娘は愚かでくだらない人間と馴れ合い、竜族の誇りを汚した！　そのようなことは絶対に許せない、あってはならないことだ！」

ドラゴンの目が怒りに燃える。

なんとなくドラゴンの目的が見えてきた。

「故に、俺達は罰を下すことにした」

「その罰っていうのが、タニアの名前を騙って悪いことをする？」

「そのとおりだ。あの小娘は、人間を気に入っているみたいだからな。故に、小娘の名を汚して、仲に亀裂を入れてやることにした。うまくいけば、小娘も竜族としての誇りを取り戻すだろうが……まあ、それはどちらでもいい。結果的に、小娘に打撃を与えられればそれでよし。それが罰だ」

「にゃー……そんなくだらないことを考えていたなんて。っていうか、タニア、なにも悪いことしていないし」

「人間と馴れ合うこと、そのものが罪なのだ。俺達は最強種、敬われるべきであり、人間の方がへりくだらなくてはいけない！　そうあるべきなのだ！」

「……レイン。コイツ、殴ってもいい？」

「気持ちはわかるけど、やめておけ」

カナデが不機嫌そうに、こめかみの辺りをピクピクと震わせていた。他のみんなも、似たような感じでムスッとした顔になっている。

カナデの気持ちはわからないでもないが、そんなことをしてもなにも変わらない。

「色々と言いたいことはあるけど、まあいいや」

殴ってもドラゴンの考えが変わるわけでもないし、虚しいだけだ。そのことをカナデも理解したらしく、複雑な表情を見せながらも、拳を下ろす。

「とにかく、そんなくだらない企みはここで終わり。あなたのことは、このまま騎士団に突き出してあげる」

「……ふん。好きにするがいい」

おかしいな？　これだけ人を敵視しているのに、おとなしすぎる。人に捕縛されるとなれば、もっと抵抗してもおかしくないはずなんだけど……イヤな予感がする。

このドラゴンの目的は、タニアの名を騙り、貶めることにある。それを罰と言うのだけど、本当にそれだけだろうか？

タニアに罰を与えるだけではなくて、他の目的があってもおかしくはない。例えば……嫌いな者を襲うとか。あるいは、街そのものを狙うとか。

いずれ自らが表舞台に立つことも計画していたように思う。そうすることで、傲る人間に自分達が罰を与える。それが最終的な目標であり……ん？

自分……達？

「っ⁉　まずい、急いで街に戻るぞ！」

「にゃん？　レイン、どうしたの？」

「くくく……気がついたか。人間にしては敏い方だな」

「え？　どういうこと？」

「こいつら、一人じゃないんだ！」

「えっ？」

「『俺達』って言っている。犯人はコイツだけじゃない。もう一人いるはずだ！」

「そんな⁉」

「ははは……はははは！」

慌てる俺達の姿がたまらなくおもしろいというように、ドラゴンが笑う。嘲笑う。

「その通りだ！　俺にはもう一人、仲間がいる。素直にあれこれとしゃべっていたのは、時間稼ぎというわけだ、ははは！」

「そいつはどこだ⁉」

「今頃、街についているだろうな。俺に代わり、あの小娘と……そして、くだらない人間共に罰を与えているだろうな！」

迂闊だった。敵が一人と決めつけて、まんまと策に乗せられてしまうなんて。もっと深く考えて、しっかりと情報収集をするべきだった。

でも、悔やんでも遅い。今からでもできることをしないと！

4章　竜族の襲撃

「あー……すっごいヒマね」

ホライズン騎士団支部の客室に軟禁されているタニアは、読んでいた本をぱたんと閉じて、テーブルの上に置いた。それからあくびをこぼす。

時間を潰すために、適当な本を読んでみたものの、琴線に触れるようなことはない。むしろ、大量の活字に目が疲れてしまった。

ソファーの背もたれに寄りかかり、ぼーっとする。

「……これ、いつまでじっとしてないといけないのかしら？　明日まで？　それとも明後日(あさって)？　あるいは来週？

いつになれば事件が解決するかわからないため、出口のない迷宮に放り込まれたような気分だ。

げんなりとしてしまうものの、しかし、不安はない。

「早くしてよね、レイン。あんまり遅いと怒るわよ？」

タニアは一人、つぶやいた。

その声には、レインに対する確かな信頼の色があった。

もしも、レインが失敗したら？

そんなことはまったく考えておらず、レインならうまく解決してくれるという、絶対の信頼がある。普段は言葉にすることは少ないが、タニアは、主のことを世界で一番信頼しているのだ。

もちろん、仲間のことも信頼している。カナデは抜けたところはあるものの、とても強く頼りになる。

ソラとルナは魔法の知識が多く、色々な場面で活躍するだろう。ニーナは幼いものの、あれで芯が強い。ティナはしっかり者だ。

「……あれ？」

ふと、タニアは自分が抱く感情を不思議に思う。

レインならなんとかしてくれる、仲間ならなんとかしてくれる。

無条件でそう信じていた。

しかし、以前ならば……レイン達と出会う前のタニアならば、ありえないことだった。

竜族こそが最強であり、頂点に立つ者。人間や他人を信頼するなんてありえない。

そう思っていたはずなのに……いつの間にか、レインを信じるようになっていた。仲間というものを大切に思うようになっていた。

どのような経緯でそんな考えを持つようになったのか、それはわからない。少し考えてみて、記憶を掘り返してみるものの、やはりわからない。

レインや仲間と一緒に過ごすうちに、気がついたらこうなっていた、というのが答えだ。

よくわからないことではあるが……

「ま、こういうのも悪くないわね」

信頼できる人がいるから、安心して待つことができる。

悪い気分ではなかった。

タニアは口元に笑みを浮かべて、ソファに横になる。そのまま目を閉じて、昼寝をしようと……

「……って、なによ。うるさいわね」

やけに外が騒がしく、悲鳴や大きな物音が聞こえてきた。

なにかしら事件が起きているらしく、ただごとではなさそうだ。

「人が寝ている時は静かにしなさいって、親に教えられなかったのかしら？　まったくもう、非常識なんだから。事件を起こしているのは、どこのどいつ？」

タニアは不機嫌そうにしつつ、ぶつくさと文句を口にする。

それからソファーを降りて移動して、窓を開けて外を見る。

「グルァアアアアアッ！」

ドラゴンがいた。

あまりに予想外の光景に、一瞬、思考が停止してしまう。

「……え？　どういうこと？」

すぐ我に返ったタニアは、ドラゴンが暴れている光景を見て疑問顔に。

どうして、街中にドラゴンが？　もしかして、アレが例のニセモノだろうか？　だとしたら、レインは行き違いになった？

色々なことを考えるけれど、今はそんなことをしている場合ではないと判断する。

「どこの誰か知らないけど、人が昼寝しようって時に暴れてくれちゃって。このあたしが、マナーってものを教えてやらないといけないわね」

放っておくことはできないという結論に至り、タニアは窓から飛び出そうと……

「タニアっ！」

勢いよく客室の扉が開いて、ステラが入ってきた。

「あら、どうしたの？」

「よかった……無事だったか」

騒動はステラも知っているらしい。その上でタニアの身を案じたらしく、何事もないところを見て、安堵の吐息をこぼしていた。

こんな時に他人の心配なんて……これだから、人間は。

タニアは自分でも気がついていないが、優しい顔になる。

「ねえ、あのドラゴンはなに？　なんで街中で暴れているの？」

「表の騒動は知っているようだな。なら、話は早い。ここにいると危険だ。地下に避難を……って、窓を開けてどうするつもりだ？」

「ちょっと、そこで暴れてるヤツを黙らせてこようかな、って」

「む、無茶を言うな!?　相手はドラゴンなのだぞ!?」

「あたしもドラゴンなんだけど？」

「そ、それはそうだが……しかし、一人では危険だ。これだけの騒ぎだから、レイン達もすぐに戻ってきてくれると思う。それまでは……」

「待っていたら、街がどんどん壊されちゃうわよ。倒すまではいかなくても、これ以上暴れないように止めないと」

「しかし、タニアは疑いをかけられている状態だ。おとなしくしていないと、上からの心証がさらに悪くなってしまうかもしれない。下手をしたら、今回の事件、全てタニアの責任ということになるやも……」

「ありがと」

「なに？」

「あたしのこと、心配してくれてるんでしょ？　だから、ありがと」

ステラがきょとんとしている間に、タニアは窓の縁に足を乗せた。

「ステラの言う通りにした方が良いんだろうけど……でもやっぱり、このまま放っておくことはできそうにないわ。その方が楽に決まってるし、ややこしいことにならないんだろうけど……でも、なんでかしら？　レインと一緒にいたせいかしら？　こういう時は体が勝手に動いちゃうの」

「やれやれ」

ステラが苦笑した。

どうあってもタニアを止めることができないということを理解して……それと同時に、タニアの気持ちに共感したのだ。

街を守るために、今すぐに飛び出していきたいという部分において、ステラも同じ想い(おも)いを抱えている。

「少しだけ待ってくれないか？　我らもすぐに出撃する」

「あたしを閉じ込めておかなくていいの？」

「全ての責任は私が持つ。だから、一緒に戦おう」

「ふふんっ。あんた、けっこう話がわかるじゃない。そういうの嫌いじゃないわ」

タニアがにやりと笑う。

それに応えるように、ステラも笑う。

「でも、あたしは先に行くわ。今すぐにアイツを止めないと、とんでもない被害になりそうよ」

「むぅ……しかし」

「ここであれこれ言っている時間も惜しいの。わかるでしょ？」

「……わかった。すまないが、頼む。私達も急いで準備をして、すぐに駆けつけよう」

「援軍、期待してるわよ」

タニアはパチンとウインクを残して、窓から外に飛び出した。

◆

どこからともなく飛来したドラゴンのせいで、街の人々はパニックに陥っていた。

相手は最強種。圧倒的な力を持ち、倒すことなんて不可能。敵になったのだとしたら、自分達は一方的に蹂躙されるしかない。

そのことを人々は理解していて、悲鳴をあげて逃げ回る。

昼ということで、人通りが多いのが災いした。

逃げようとする人々が互いにぶつかり、倒れてしまう。そこへ人が突っ込んでしまい、さらに倒れる人が増加してしまう。

人々は怯え、泣いて、助けてと天に祈る。

そんな様子を、ドラゴンはどこか楽しそうに見ていた。

そして、なぶるような動きで建物を薙ぎ払う。

ドラゴンの巨大な爪跡が建物の壁に刻まれる。破片が雨のように飛び散り、人々の悲鳴がさらに大きくなった。

「や、やあああ……」

この混乱で親とはぐれた女の子が、地面にへたりこんでいた。

そんな子供を見つけたドラゴンは……笑う。

己の巨体を見せつけるように、ゆっくりと女の子のところへ歩み寄る。そして、最大限の恐怖を与えるように、これみよがしに巨腕を振り上げて……

「ふ・ざ・け・ん・なぁあああああっ！」

「グァッ⁉」

直後、横からものすごい勢いでなにかが飛んできて、ドラゴンの顔を強烈に叩いた。

巨体がぐらりと揺れて、地面に倒れる。

「あんた、どこのどいつ⁉　子供を狙うなんて、同じ竜族として恥ずかしいわ。恥を知りなさいっ、恥を！！！」

怒りに燃えるタニアが地面に降り立ち、鋭い目でドラゴンを睨みつけた。

警戒しつつ、女の子に手を差し出す。

「大丈夫？　立てる？」

「う、うん……」

女の子は目を白黒させつつ、小さく頷いた。

幸いというべきか、親とはぐれただけで、怪我らしい怪我はないようだ。

「一人で逃げられる？　大丈夫？」

「う、うん。でも、お姉ちゃんは……？」

「あたしは大丈夫。気にしないで」

子供を安心させるように、タニアは優しく笑う。

その笑みに安心したらしく、子供は何度か後ろを振り返りながらも、その場から逃げた。

「さてと……」

子供が安全圏に退避したことを確認した後、タニアはドラゴンを再び睨みつけた。

その体は、ドラゴン形態のタニアよりも一回り大きい。鱗の色は赤く、タニアと同じレッドドラゴンだ。

竜族は日々、成長し続ける存在で、長く生きた個体ほど強力な力を得る。

ドラゴンが放つ威圧感、強者の気配、力と魔力……それらを考慮した結果、タニアは、コイツが二百歳ほどだろうと判断した。

タニアの十倍以上。

普通に考えて、子供と大人ほどの実力差がある。

しかし、タニアは怯(ひる)むことはない。刺すように鋭く睨みつけながら、ビシッとドラゴンを指差して、問い詰める。

「そこのあんたっ！　あんな小さい子供を狙うなんて、どういうこと⁉　竜族としての誇りはどこへやったのかしら⁉」

「誇りを持っているからこその行動だ」

「はぁ？　意味がわからないんだけど。っていうか……もしかして、あんたがあたしの名前を騙(かた)っていたニセモノ？」

「……」

ドラゴンは答えない。

ただただ、鋭い視線をタニアにぶつけていた。

「ちょっと、なにか答えなさいよ。無視するつもり？」

「ふん、くだらぬ人間と馴(な)れ合(あ)う愚か者と交わす言葉なんてない」

「よくわからないことを……って、ちょっとまって。その物言い、どこかで聞いたような……あっ⁉　もしかして、あんたゴッサス⁉」

「ほう、俺のことを覚えていたか」

「完璧に忘れてたから時間かかったけど、今思い出したわ。大の人間嫌いのゴッサス。竜族こそが最強の中の最強であると信じて疑ってなくて、人間をくだらない存在って見下していたわよね。どうして、こんなところにいるのかしら？　いつも一緒にいた相棒のアルザスは？」

「竜族の誇りを忘れ、人間と馴れ合う貴様に罰を与えるためだ」

その一言で、タニアはゴッサス達の企み(たくら)を、ある程度理解した。

やれやれ、とため息をこぼす。

「あー……なるほどね。そういうことなのね。あたしの名前を騙って好き勝手していたのは、やっぱりあんたら、っていうことか」

「そうだ」

「目的は、人間と一緒にいるあたしに対する警告、ってところかしら？　これ以上人間と関わるな、あたしら竜族と人は馴れ合うような関係じゃない、っていう感じ？」

「よくわかっているな」

「そりゃね。里にいた頃、あんたらがいつも言ってたことじゃない。あまりにうるさいから、途中から聞き流してたけど」

タニアは昔を思い出した様子で、げんなりした。

目の前のドラゴン、ゴッサスと……そして、その相棒であるアルザスとは顔見知りであった。レッドドラゴンの里で一緒に暮らしていたことがある。

しかし、二人は極度の人間嫌い。

なおかつ、自分達こそが最強で至高であると信じて疑っておらず、タニアは、めんどくさい連中だなあ、と思ってた。

それがまさか、こんなところで再会して、自分の名前を騙り悪事を働いていたなんて。

同じ竜族として情けない。

タニアは、今日何度目になるかわからないため息をこぼす。

「で……こんなところで暴れるなんて、どういうつもり？」

「アルザスがしくじり、人間達に捕まった」

「そっか。レイン達、ちゃんとやってくれたんだ」

しっかりと期待に応えてくれた、約束を守ってくれた。

タニアはうれしくなり、笑顔になる。

「アルザスが捕まったことで、お前に罰を与えることは難しくなった」

「なら、とっとと里へ帰ったら？」

「それはできない。お前のせいで、この街の人間は、竜族に対する畏怖を忘れた。肩を並べられる存在だと誤認して、我ら竜族の誇りを傷つけた。故に、俺は示さなければいけない。竜族の力と誇りを！」

タニアはおもいきり呆(あき)れた。

確かに、タニアは街の人々と仲良くなった。街の人々も、タニアに親近感を覚えて、気軽に接するようになっていた。

だからといって、タニアを軽んじているということは断じてない。常に礼節を以て接してくれているし、下に見られたことは、エドガーなどの一部の阿呆を除いていない。

それなのに、畏怖を忘れたとか敬わないといけないとか……愚か者はどちらだろうか？

そもそもの話、竜族の方が偉いと誰が決めたのか？

確かに、最強種故に、竜族の方が圧倒的な力を持つ。

しかし、人間よりも優れていると決まったわけではない。一長一短で、人間にも竜族にも、良いところと悪いところがある。

人間も最強種も同じ生き物なのだから、基本的に、立ち位置は同じなのだ。

そんな単純な真理を理解することなく、己の方が偉い、強いとドヤ顔で言い放つ。くだらないプライドに振り回されて、簡単に他人を傷つけることができる。

タニアからしてみれば、ド阿呆の一言に尽きる。

「ったく、頭が痛いわね……」

同胞の身勝手極まりない、わがまま全開の子供のような妄執を見せつけられて、タニアはその場で頭を抱えたい気分に。

それと同時に、その場で転がり、悶えてしまいそうになる。

彼の語る思想は、昔の自分と似ていた。

ゴッサスほどではないものの、里を出る前のタニアは似たようなことを考えていた。

竜族こそが最強であり、人間なんかは足元にも及ばない。

人間が下等であると見下したことはないが……大したことはない存在と、見くびっていたことは確かなのだ。

今にして思うと黒歴史である。

そんな歪んだ考えは、レインと出会ったことで矯正された。

人間は強い。

力や魔力の問題ではなくて、心が強いのだ。

どのような逆境にあろうと、折れることなく諦めない。他人を気遣い、慈しみ、包み込むかのような優しさを見せる。

それこそが人間の強さだ。

そのことを、タニアはレインと一緒に過ごすことで学んだ。

確かに竜族は強いが、それは力だけ。心を伴わない力なんて、虚しいだけで、それでどうしろというのか？　そんなことに誇りを持つなんて、意味のないことではないか？

「ねえ、つまらないことはやめない？」

タニアからしてみれば、ゴッサスは、子供がダダをこねているようにしか見えない。

それでも、一応、同胞なのだ。

できることなら傷つけたくないと、説得を試みる。

「こんなことをしても、あんたの語る誇りが取り戻せるとは思えないんだけど。ただただ、自分の思い通りにならないことに腹を立てて、八つ当たりしているようにしか見えないのよね」

「竜族の誇りは、まだ幼いお前にはわからないだろう」

「あんたよりかは、現実が見えてると思うけどね。っていうか、こんな街中で暴れるなんて、本気で人間にケンカを売るつもり？　討伐されるわよ？」

「笑止。俺が人間ごときに討たれるわけがない」

「あー……」

ゴッサスは本気の目をしていた。人間を相手に負ける可能性なんて、欠片も考えていないのだろう。

こうなると説得は難しい。同じ里で暮らしていたこともあり、ゴッサスの頑固さはよく知っている。

「人間が嫌いなら、関わらなければいいだけでしょ？　自分から首突っ込んでどうするのよ」

「好きで関わっているわけではない。人間が傲り、お前が愚かなことをしているからだ」

「なら、あたしが街から出ていけば素直に退く？」

「ないな。お前の件がなかったとしても、いずれ、人間には驕り高ぶった罰を与えなければならないからな」

「あーもう、ああ言えばこう言うんだから……一応、聞いておくけど、本気なのね？」

「もちろん」

「なにを言っても無駄、っていうわけね……やれやれ」

タニアは肩をすくめてみせた。

コイツは本当に同胞か？　石頭ドラゴンという別種ではないのか？

まるでこちらの話を聞こうとしないで、自分の主張を押し通すだけ。

これが老害というヤツだろうか？

タニアはそんな感想を抱いた。

「できることなら、って思ってたけど……ここまで話が通じないのなら仕方ないわね」

タニアは説得を諦めた。

そして、冷たく言い放つ。

「ゴッサス。あんたがやろうとしていることは、とてもくだらないことで、子供のわがままと変わらないわ。そのことを理解しなさい」

「小娘に理解など求めていない」

「ホント、石頭め……言葉が通じないなら、拳でわからせてあげる」

「二十年も生きていない小娘が、俺の相手になると？」

「そう言ってるじゃない。耳、遠いの？　良い治癒師を紹介しましょうか？」

「言ってくれるな、小娘が……いいだろう。相手をしてやろう」

タニアは拳を構えて、いつでも動けるように腰を落とす。

対するゴッサスは翼を広げて、咆哮(ほうこう)を街中に響かせる。

それが戦闘開始の合図となり、二人は激突した。

ゴッサスはその巨体を活かすように、勢いよく突進する。石畳の地面を砕き、周囲の建物を薙ぎ払いながら、タニアに襲いかかる。

受け止めるべきか、避けるべきか……タニアは迷う。

後ろは住宅街になっていて、たくさんの家が並んでいる。

これだけの騒ぎなので、住民の避難は終わっているだろう。

ただ、家がなくなれば困るどころの話ではないため、これ以上の被害は避けたい。

「このぉおおおおっ！」

タニアは全身に力を込めて、真正面からゴッサスの体当たりを受け止めた。

ゴガアッ！

攻城兵器が炸裂したような轟音が響き渡る。

「むぐぐぐぐっ……！」

自身の何倍もある巨大なゴッサスの突撃に耐えることに、なんとか成功した。弾き飛ばされることもなく、足を地面に食い込ませるようにして、踏みとどまる。

もちろん、耐えるだけでは終わらない。

「こっ、のぉおおおおおおおおおおおっ！」

「うおおおっ⁉」

タニアは一瞬の隙を突いて、素早い動きでゴッサスの背後に回り込んだ。そのまま尻尾を抱えるようにして摑み、振り回して、広場に向けて投げ飛ばす。

さすがに、自分が投げ飛ばされるなんて思ってもいなかったのだろう。ゴッサスはされるがまま宙を飛び、受け身を取ることなく広場に落ちる。

「あーもうっ、めちゃくちゃ重いわね、あんた。ちょっとはダイエットしなさい」

今の一撃でかなりの体力を消耗してしまい、タニアは肩で息をする。

ただ、ゴッサスを広場に押し戻すことに成功した。ここで戦えば、住宅街に被害が出ることはないだろう。

広場の噴水やベンチは破壊されているが、それはもう、どうしようもない。

「いくわよっ！」

タニアは魔力を集中させて、火球を撃ち出した。

火球は放物線を描いて、ゴッサスに着弾する。

ゴッサスは爆炎に包まれるが、頑丈な鱗に阻まれて、その身が傷つくことはない。

しかし、それはタニアも予想済みだ。同じ竜族なので、この程度でダメージを与えられるとは思っていない。

今のは、ただの目くらまし。タニアは爆炎に紛れるように突撃して、距離を詰める。

そのままゴッサスの懐に潜り込み、鱗に覆われていない腹部に拳を打ち付ける。

「ぐぁっ⁉」

タニアの拳が深々とめり込み、ゴッサスが苦痛に悶えた。

さらに、その顎を蹴り上げる。下から上に、刈り取るような鋭い一撃だ。

痛みを堪えながらも反撃に移ろうとしていたゴッサスは、手痛い一撃を食らうハメになり、思わず後退してしまう。

しかし、ゴッサスは二百年を生きている竜族だ。二十年も生きていないタニアに負けるなんて、プライドが許さない。

痛みを無視して、ゴッサスは体を回転させて、尻尾を叩きつける。

「くぅっ⁉」

タニアの体が吹き飛んだ。

近くの建物に叩きつけられて、壁にめりこんでしまう。

その衝撃で肺の空気を吐き出してしまい、一瞬ではあるが呼吸困難に陥り、行動不能に。

ゴッサスはその隙を見逃さない。

前足を振り上げて、建物の壁をえぐるように叩きつける。

為す術なく、タニアはその下敷きになってしまう。

「このっ……女の子の扱いが、まるでなってないわね！」

タニアは、自分を押しつぶそうとするゴッサスに全力で抗う。しかし、単純な力比べになるとタニアが不利だった。じわじわと力負けしてしまう。

さすがに二百年を生きている竜族ともなると、力はタニアを大きく上回る。

どうする？　と、タニアは考える。

いっそのこと、自分もドラゴン化するか？

力はあまり変わらないが、体格差はなくなる、それだけでもかなり状況は好転するだろう。

しかし、そんなことをすれば、怪獣大決戦確定だ。周囲の被害がとんでもないことになってしまうだろう。

迷っていると……


「ドラグーンハウリング！」

どこからともなく魔法が放たれて、ゴッサスの巨体を叩いた。

完全に無防備だったゴッサスは、その一撃に耐えられず、よろめいてしまう。

タニアはその隙に脱出して、一度、大きく距離をとる。

「今のは……」

「大丈夫か⁉」

「俺達も加勢するぜ！」

ホライズンの冒険者達が駆けつけてきた。ドラゴン相手に敵（かな）うわけがないと避難していたのだけど……タニアが必死に戦っているのに、自分達だけ逃げるわけにはいかないと、参戦を決意したのうわけだ。

今までは住民の避難を優先していたが、それがほぼほぼ完了したため、同じく参戦してきたとい

新たに騎士団も駆けつけてきた。

「みんな、いくぞ！」

「私達もいるぞ！」

だ。

それぞれ武器を手に、ゴッサスに攻撃を加える。

ゴッサスの防御力は高く、ダメージが通ることはないが、誰一人として手を止めない。

タニアだけに任せることなんてできない、自分達も一緒に戦う。

そんな強い意思が伝わってくる。

「くっ、愚かな人間がいくら集まろうと、俺の敵ではないわ！」

「この人間達を見て、なにも感じないの？　みんなが力を貸してくれるこの光景を見て、まだ愚かって言うの？　まったく……あんたの方がよっぽど愚かじゃない！」

タニアはそれなりのダメージを受けていて、万全ではない。

しかし、不思議と力が湧いてきた。

自分は一人じゃない。街の人が一緒にいてくれる。

そう思うと、痛みなんてどこかへ消えてしまう。

タニアは自然と笑みを浮かべて、反撃に移る。

「今度はあたしの番よっ！」

タニアは変身の一部を解除して、背中に竜の翼を生やした。

空高く舞い上がり……太陽を背にして、急降下。

その一撃は、さながら、天の怒り。

自分こそが最強であるという傲慢な考えに罰を与える、神の一撃。

風を切り裂くようにして、タニアが直上から蹴撃を叩き込む。

「ぐあああああっ!?」

タニアの一撃は鋼鉄よりも硬い鱗を砕き、ゴッサスの体の芯まで衝撃が届いた。骨を砕く、確かな手応えが伝わってくる。

「ぐっ……なんだ、その力は……貴様のようななにも知らぬ小娘が、どうしてそこまでの力を？」

ゴッサスはかろうじて踏みとどまり、倒れることだけは避けたが、体に力が入らないらしく、フラフラとよろめいている。

こんなことはありえないと、目を大きくして驚いていた。

タニアは、ちらりと冒険者達を見て……

「あたしの力の源は、そうね……あんたには一生理解できないわよ」

不敵な笑みと共に、そう言い放った。

「くっ……」

「まだ続ける？　お互い、まだまだやれそうだけど……でも、これ以上となると、手加減は難しいわよ？　同じ竜族なんだから、できれば、ここらで終わりにしたいんだけど」

「ふざけるな！　このようなところで俺が退くなど、あってたまるものか！　ましてや、小娘に情けをかけられるなど、俺のプライドが許さぬ！」

ゴッサスが怒りに吠（ほ）えた。

彼にとって、これは竜族の誇りを賭けた戦いだ。退くということは、すなわち、自らの過ちを認めるということ。タニアの言葉が正しいと認めるということ。

そんなこと、できるわけがない。

たとえ倒れたとしても、突き進むしか道は残されていないのだ。

しかし、ただ倒れるなんてことは許されない。人間の味方をする、愚かなタニアを断罪しなければ、死んでも死にきれない。

ゴッサスが胸に抱いているものは、誇りなどというものではない。それは、もはや執念と呼ぶべきものだった。

勝機を見出（みいだ）すべく、ゴッサスは素早く周囲に視線を走らせて、現状を分析する。

そして、逆転の一手を見つけた。

「動くなっ」

「ひっ⁉」

ゴッサスは尻尾を伸ばして、こっそりと様子を見ていた子供を捕まえた。

それは、さきほどタニアが助けた女の子だった。

「あなた、どうして⁉」

「お、お姉ちゃんのことが気になって……ご、ごめんなさい……ひぅっ⁉」

尻尾で締め付けられて、女の子は恐怖に声を震わせた。

「動けばどうなるか、わかっているな？」

「……陳腐なセリフね。あんたの言う、竜族の誇りとやらはどこへいったの？　子供を人質に取ることが、誇り高い竜族がすること？」

「ふん、なんとでも言うがいい。勝てばいいのだ、勝てば」

「このっ……！」

「動くなと言ったぞ」

「あ、ううぅ……」

女の子が苦しそうな声をあげて、タニアは飛び出そうとしていた体を慌てて止めた。

直後……ゴッサスは前足を振り上げて、タニアを押し潰す。

「かはっ⁉」

まともに一撃をくらい、タニアは声にならない悲鳴をあげた。

「タニア⁉」

「てめえ！」

騎士団と冒険者達が憤り、武器を構える。しかし、ゴッサスは尻尾を動かして、これみよがしに子供を締め付けてみせた。

タニアを助けなければいけないが、子供を見殺しにすることもできない。

騎士団と冒険者達の足が止まってしまう。

「くっ、この……！」

「貴様のような愚かな竜族がいるから、人間共がつけあがるのだ」

「あぁ……⁉」

ゴッサスが前足に力をこめた。全身を踏みつけられる形となり、ギリギリと強烈な圧がかかる。

いくらなんでも、耐えられるものではない。みしみしと、骨がきしむ音が聞こえた。

「このまま、貴様を踏み潰すこともできる」

「こい、つぅ……！」

「だが、貴様が言ったように、同胞を手にかけるのも忍びない。最後のチャンスだ。愚かな考えを捨てて、俺に恭順するがいい。そうすれば助けてやる」

「お断り、よっ」

迷うことなく考えることすらなく、タニアは、きっぱりと言い切る。

「あんたなんかに従うわけ、ないじゃない……！　あんたみたいな石頭と違って、あたしは、人間のことは好きよ……？　ただただ、くだらない愚かだと連呼するようなあんたと、うくっ、一緒にしないで！　あたしは、ずっと、人間と一緒にいる……それが、あたしの『誇り』よっ！」

血を吐きながらも、タニアはゴッサスを睨みつけて、力強く言い放つ。その瞳には、ゴッサスなどとは比べ物にならない、強い意思の光が宿っていた。

ゴッサスは、無意識のうちに、後ろへ下がってしまいそうになる。二百年を生きたドラゴンが、二十年も生きていない女の子に気圧されていた。

彼のプライドよりもタニアの誇りの方が上と証明された瞬間だ。

「くっ……もういい。そんなに死にたいのなら、貴様が好きな人間と一緒に死ね！」

タニアにトドメを刺すべく、ゴッサスが殺意を込めて吠えた。抵抗できないタニアを蹂躙するためにその足を持ち上げて一気に落とす……刹那。

「……お前が死ね」

死神のごとき冷たい声が響いて、ゴッサスの尻尾が斬り飛ばされた。

ゴッサスの尻尾を斬り飛ばしたのは……レインだった。

～ Another Side ～

「おっとっと」

「ひゃ⁉」

尻尾が斬り飛ばされて、解放された女の子が宙を舞う。カムイを使うためにレインと手を握っていたカナデが飛び出して、女の子をしっかりとキャッチした。

「『エアロキャノン‼』」

続けて、どこからともなく姿を見せたソラとルナが、魔法を炸裂させた。

極限まで圧縮された空気の砲弾が、ドラゴンの上半身に着弾する。ゴォッ！　という轟音が響いて、巨体が吹き飛ばされた。

「んっ」

さらにニーナが飛び出して、亜空間の穴を開く。穴はタニアの間近に出現して、そのまま、ぱくりと食べるような感じで彼女を飲み込んだ。

周囲の人々はぎょっとするが……ほどなくして、ニーナの近くにブォンと穴が開いて、そこからタニアが現れる。救出成功だ。

「ぐううう……貴様、今なにをした!?」

体勢を立て直したドラゴンが、レインを睨みつける。自慢の尻尾を斬り飛ばされて怒り心頭らしく、目が血走っていた。

激怒したドラゴンの圧は、常人を一瞬で気絶させてしまうほどなのだけど……しかし、レインはまるで気にしていない。そよ風を受けているという感じで、何事もない。

逆に、ドラゴンを睨み返していた。

その瞳は、激しい怒りの炎が宿っている。

「……」

レインは、ちらりとタニアを見た。

タニアの全身はボロボロだ。一人で立つことができないほど弱っているらしく、ソラとルナが左右から支えて、治癒魔法をかけている。

その姿を見て、一瞬ではあるが、レインの瞳に恐怖の色がよぎる。

カナデだけではなくて、タニアと出会うことでレインの心は救われた。一人ではなくなり、本物の仲間の絆(きずな)を知ることができた。安らぐことができた。

しかし、あと少しのところで、それが失われてしまうところだった。

タニアを失う？

レインはそのことを考えて……途方もない恐怖に襲われる。想像するだけで絶望的な気分になり、心が砕けてしまいそうになる。

今のレインは、それだけ仲間のことを大事に思っていた。

その仲間をドラゴンが傷つけた。ボロボロになるまで痛めつけた。

「っ……!!」

レインの中で、とある記憶がフラッシュバックした。

一つは、故郷のこと。

魔物に襲撃されて、故郷は燃えた。両親も友達も、みんなみんな失った。

もう一つの記憶は、つい最近のこと……イリスのことだ。

助けたかったのに、助けることができなかった。あと一歩のところで手を掴むことができず、イリスは奈落の底に消えていった。

大事な人を失うという喪失感がレインの心を蝕(むしば)む。

そして今、再び、大事な仲間が失われようとしていた。ドラゴンの身勝手な理屈により、タニアが理不尽な暴力を受けた。下手をすれば死んでいたかもしれない。

許セナイッ!!


レインの中で、なにかがキレた。

途方もない恐怖を味わった分、それらが全て怒りに転換されて、再び炎が燃え上がる。

刃のように細く鋭い殺意がドラゴンを貫く。それに怯んだ様子を見せるものの、なにかの勘違いというかのように、ドラゴンは吠える。

「っ……こ、この人間如(ごと)きが！　よくも俺の尻尾を……」

「ブーストっ！」

怒り狂うドラゴンは無視して、レインは、自身に身体能力強化魔法をかけた。

体が羽のように軽くなる。手足の感触を確かめるように、その場で軽くステップを踏んで……息を吸うと同時に突撃。

「グァッ!?」

一瞬でドラゴンの懐に潜り込み、さらに全力で顎を蹴り上げた。口の下は鱗で覆われていないので、ただの蹴撃でもダメージが通る。

そのままの勢いで、密着するようにして腹部に肘を叩きつける。

鱗がないとはいえ、こちらは硬い。分厚いゴムを殴っているかのようだ。

それでも構うことなく、レインは全力で攻撃を続ける。

殴り。

蹴り。

打ち。

斬り。

突き。

薙ぎ。

ありとあらゆる方法で、ありとあらゆるダメージを与えていく。タニアが受けた痛み、苦しみを千倍にして返してやると、そう言っているかのようだった。

「す、すごいのだ……」

「ソラ達と契約しているとはいえ、まさか、レインだけで竜族を圧倒するなんて……」

戦闘を見守る双子は、レインの鬼神のような戦いっぷりに呆然とする。

しかし……なぜだろう？　レインが戦いの主導権を握ることは歓迎すべきことなのに、なぜ喜ぶことができないのだろう？　今のレインを見ていると、どうして不安になるのだろう？

ソラとルナは漠然とした不安を覚えるものの、しかし、その正体がわからず、なにもできない。

そうこうしている間に、レインとドラゴンの戦闘は加速していく。

「このっ……下等種があああああっ！」

激怒するドラゴンは、その巨体でレインを押しつぶそうとする。

巨大な建造物が崩れてくるようなもので、普通ならば、避けることも防ぐこともできない。

しかし、レインは慌てることなく、冷たい目をして睨み返す。

「物質創造！」

レインは巨大な壁を作り出して、ドラゴンの突進を止めた。

「重力操作・反転！」

「なっ⁉」

続けて、ティナと契約して得た力を使い、ドラゴンにかかる重力をマイナスにした。巨体がふわりと浮き上がり、空へ落ちていく。手足をばたつかせているものの、脱出は叶わない。

そして、空高くまで飛んだところで、

「重力操作・反転！　倍増！」

重力の向きを正常な状態に戻すと同時に、負荷を倍増させる。

見えない巨人に押されているかのように、勢いよくドラゴンが落下した。激しく地面に叩きつけられて、地震が起きたかのように大地が揺れる。

「な、なんだ……この力は？　どうして、人間如きがこれほどの……くっ！」

大きなクレーターの中、ドラゴンは悔しそうに呻く。

その口からは血が流れていた。今の衝撃で内臓が傷ついたのだろう。なんとか立ち上がり、反撃に移ろうとするが、ダメージは深刻で体が自由に動かない様子だった。

「ちく、しょう……この俺が、人間ごときに……！　このようなことは、ありえん……竜族こそが最強であり、人間は地べたに這いつくばるべきなのだ。竜族の誇りを汚した小娘も、死ぬべきなのだ……！」

「死ぬべき、だと……？」

その不用意な一言が、致命的なまでにレインの怒りを買うことに。

故郷の記憶、イリスの記憶。生きたいはずなのに生きることができなかった人達のことを思い返して、感情が爆発する。

「ふざけるなよ……ふざけるなっ!!　そんな身勝手な理由で命を奪っていいわけがあるか！　あってたまるものかっ!!　お前のようなヤツがいるから!!」

怒りがレインの心を黒く染めていく。

黒に、黒に、黒に……夜の闇よりも深い漆黒に塗りつぶされていく。


コロス。


「ぐぁあああっ!?」

レインは、再びドラゴンの顎を蹴り上げた。

間髪入れずに頭部に飛び乗り、その目にカムイを突き立てる。

ブーストを使っている状態ならば、と思ったものの、刃が弾かれてしまい、目を潰すことは叶わない。とんでもない防御力に、レインは舌打ちする。

ただ、そこで攻撃は止まらない。

それならば、鍛えようのないところを狙えばいい。ドラゴンであろうとなんであろうと、生き物である以上、弱点というものは必ず存在する。

そう言うかのように、冷たい目で問いかける。

「目は硬いみたいだが、体の中はどうだ？」

「な、なにを……」

「ファイアーボール・マルチショット！」

ドラゴンの口の中にあえて手を突き入れて……その上で、魔法を発動させた。

「っっっ──!?」

ドラゴンの口内で無数の火球が炸裂した。

体内を焼かれるという、想像を絶するような痛みと苦しみには、さすがのドラゴンも耐えられなかったらしい。目を剝いて泡を吹いて、のたうち回る。

喉が焼かれているらしく、まともに悲鳴を上げられないのだろう。ただただ不快な雑音を周囲に響かせていた。

「ファイアーボール・マルチショット！」

「ぎぃいいいいっ!?」

暴れるということは、まだ体力が残っているということ。

そう判断したレインは、余力を全て奪うために、再び火球を体内で炸裂させた。

ドラゴンが悲鳴をあげて……それと同時に、レインの手も爆発に巻き込まれ、痛みが走る。

しかし、気にすることはない。

また、相手に情けをかけることもしない。

逃げようとするドラゴンを追いかけて、口の中に手を突き入れて、何度も何度も何度も魔法を唱えた。

「も、もう……やめ……」

十回ほど繰り返したところで、ようやくドラゴンが動きを止めた。

ここが限界らしく、手足をピクピクと痙攣（けいれん）させている。立ち上がることができない様子で、抵抗する気力も失ったようだ。

「た、助け……」

「ずいぶんと都合のいい話だな？　タニアを死んで当然と言って、実際に殺そうとして、ボロボロになるまで痛めつけて……いざ自分の番になると、怯えて助けてほしいと？　ふざけるなよ……殺される覚悟がないのなら殺そうとするなっ!!」

「れ、レイン……もう、それくらいに……」

「それ以上は、さすがにまずいのだ……」

カナデとルナが、恐る恐るという感じでレインを制止しようとした。残りのメンバーも、ハラハラと心配そうな顔をして、成り行きを見守っている。

でも、今は彼女達の言葉はレインに届かない。

深く激しい怒りに囚われていて……今のレインは、暴走していた。

ようやく得た大事な仲間。それを初めて奪われるかもしれないという危機を受けて、どうしようもないほどに心が荒れていた。

普段のレインの心は、温かい海のように穏やかなものだ。

しかし今は、嵐が到来したかのように荒れ果てて、全てを飲み込む暴威と化している。

それほどまでに、レインにとってタニアは……仲間は大事なものなのだ。

ドラゴンは、決して怒らせてはいけない相手を激怒させた。

絶対に触れてはならない禁忌に触れてしまったのだ。

「終わりだっ!!」

仲間を守るためなら、悪魔にでもなんにでもなる。

レインは冷徹で非情な決断を下そうとして……まさに、その瞬間だった。

「レインっ!!」

自力で動けるほどに回復したタニアが、レインを後ろから抱きしめた。絶対に離さないという感じで、強く抱きしめている。

「タニア？　……大丈夫なのか？」

「ええ、なんとか。まだちょっと、あちこちが痛いけど、ソラとルナに治癒魔法をかけてもらったから、それなりにマシになったわ」

「そっか、よかった……本当によかった」

深く安堵した様子で、レインは小さな笑みを見せた。

しかし、その身にまとう殺気は消えていない。

「タニア、離れていてくれ。まだ、戦いは終わっていない」

「もういいから」

「……」

「そこまでしなくていいわ。アイツ、もう動けないじゃない」

「でも、まだ生きている」

「あいつはタニアを傷つけた。こんなにボロボロになるまで……こんなふざけたこと、絶対に許せない。二度とこんなことができないように、ここで息の根を止めて……」

「レイン……？」

「……ねえ、レイン」

タニアがレインの前に回り込む。

そんな彼女の顔は、泣いているかのようだった。

「覚えている？　あたしが風邪を引いた時、レインって怒ったらどんな顔をするんだろう、って言ったわね。あんなことを言ったから、今、レインはとても怒っているのかしら？」

「タニアを傷つけられたんだ、怒って当たり前だろう。こんなこと……絶対に、許せないっ!!」

「あたし、ね」

そっと、タニアが再びレインに抱きついた。

タニアの温(ぬく)もりがレインに伝わる。それはとても優しくて穏やかで……不思議と、母親に抱かれているような安らぎさえ覚えた。

しかし、レインはそれを拒絶する。今は安らぎなんていらない。必要なのは、怒り。タニアを傷つけた者を断罪する力と、強い意思が必要なのだ。

「あたしね、これで終わりにしてほしい」

「終わりになんてできない、アイツにトドメを刺さないと！」

「もういいから……そこまでしなくていいわ」

「いや、そこまでする必要がある。下手をしたら、タニアは死んでいたかもしれないんだ。そこまでしておいて、このままなんて……認められるものか！　絶対に許せないっ!!」

「レインが怒っているのは、あたしのためよね……そのことは、すごくうれしいわ。でも……あたしは、レインにそんな顔をしてほしくないの」

「顔……？」

言われて、レインは自分の頬に手をやる。

どのような顔をしているのか？　鏡がない以上わからないが、しかし、タニアの悲しそうな辛(つら)そうな表情が全てを物語っている。

「俺は……」

レインは、なんて返せばいいか迷い、言葉に詰まる。

そうしていると、カナデがやってきた。女の子は避難させたのだろう。

「にゃー……あのね？　タニアの言うとおりだよ。この辺で終わりにしてほしいな」

「カナデまで、そんなことを……」

「こんなこと言いたくないんだけど……今のレイン、すごく怖い顔しているよ？」

カナデも悲しそうな顔をしていた。

見れば、他のメンバーも似たような顔に……全員、同じ表情だ。

普段はとても明るく太陽のような顔をする仲間達に、こんな顔をさせてしまっている。その原因は自分だ。

レインはそのことに気がついて、どうしたらいいか、わからなくなってしまう。

「あのね」

体を引かれて、レインはタニアの方を向かされた。

真正面から向き合う形になり、再び抱きつかれた。その状態で、タニアは柔らかい表情をしつつ、そっと口を開く。

「あの時にもう一つ、話をしたでしょ？　覚えてる？」

「それは……」

「忘れてるのね。もう、仕方ないんだから」

「……ごめん」

「あの時、もしもレインが暴走したら、あたしが止めてあげる……そう言ったのよ」

「……タニア……」

「約束、ちゃんと果たさないとね」

今度は、タニアは深く抱きついた。

レインの首に両手を回して、全身で温もりを伝える。そうすることで、人が本来持つ温かさを思い出してほしいというかのように。しっかりと、抱きつく。

「助けてくれてありがとう、レイン。でも……これ以上はダメ。そうしたら、あたしは、お礼を言えなくなっちゃう。たぶん、笑えなくなっちゃう」

「でも……」

「あたしのことを考えてくれることは、とてもうれしいわ。でも、自分のことも考えて？　一時の感情に身を任せないで、心をコントロールして。でないと、きっと後悔するわ。だって、レインはそんな人間じゃないもの。動けない相手を殺すなんて、らしくないわ」

「俺らしく……」

「あたしは大丈夫、ほら」

トクントクン、という心臓の鼓動がレインに伝わる。

それはタニアの命の音だ。

その音を聞くことで、レインは、これ以上ないほどにタニアを近くに感じることができた。トクントクンという命の音を聞く度に、心が温かさを取り戻していく。

「元の優しいレインに戻って」

「それ……は」

「ほら、にっこりして」

タニアはレインの頰に指を伸ばして、強引に笑顔を作ろうとする。

手加減を知らないのか、レインは少し痛そうにするのだけど……しかし、そんなところがタニアらしいと、そんなことを思う。

「あたしは、笑っているレインの方が好きよ」

タニアはとても綺麗で、澄んだ笑みを浮かべた。

その笑顔を見ることで、レインの中にある黒い感情が少しずつ分解されていく。タニアの優しさと想いに浄化されていく。

「……」

胸の奥底で、ドロドロと渦を巻いていた黒い感情が消えて、代わりに、温かいなにかで満たされていく。

そして……

◆

俺は、そっとタニアを抱きしめ返した。

「レイン?」

「……ごめん」

俺、なにをやっていたんだろう？

怒りに振り回されて、みんなを怯えさせて……タニアにこんなにも心配をかけてしまうなんて。

「本当にごめん……俺、情けないな」

「ううん、謝る必要なんてないわ。言ったでしょ？　ちょっと驚いたけど、でも、あたしのために怒ってくれることはうれしいわ」

「でも……」

「あまり自分を責めないの。いつものレインに戻ってくれた。それで十分よ」

「……そっか」

タニアは優しいのだけど……でも、わかった気にしない、というわけにはいかない。

ここまで暴走してしまったことを、しっかりと反省して、二度と起こさないようにしなければ。

そうでなければ、タニアに顔向けできない。

「ねえ、レイン」

「うん？」

「一人でどうこうしよう、とか考えないでね」

「え？」

「今回のようなことがまた起きたとしても、それはそれでいいの。あたしがいるし、みんなもいる。だから、また起きても止めてみせる」

「……」

「大丈夫。みんなが……あたしがいるわ。レインは、一人じゃないの」

「……そう、だよな」

タニアの言葉はとても温かい。

ひだまりのように、ずっと傍にいてほしいとさえ思う。

俺は、色々と失ったものがあるのだけど……でも、失うばかりじゃない。みんなを、タニアのようなとても素敵な仲間を得ることができた。そのことを忘れたらダメだ。

「あたしが、何度でも止めてあげるわ。だって……約束したもの」

「……ありがとう」

「ふふっ、どういたしまして」

にっこりと笑うタニアに、もう一度、抱きしめられるのだった。

5章　幼き母、やってくる

ある程度の負傷者が出てしまったけれど、幸いというべきか死者はゼロ。建物の被害はあるものの、住宅は壊されていない。

話を聞いたところ、壊された建物や噴水なども、わりと早く修復できるとだろうとのこと。

ドラゴンの襲撃を受けて、これだけの被害に収めることができたのは奇跡に近い。これも全部、タニアががんばってくれたおかげだ。

それと、ニセモノを捕まえることができたため、タニアにかけられている疑いを晴らすことができた。

ステラは、そのことをすぐに上層部に報告をして、タニアは晴れて無罪放免に。

わりと最善の結果を掴むことができたのではないだろうか？

ただ、問題は残る。

「しかし、こいつらはどうしたものか」

ホライズン騎士団支部の牢屋の前で、ステラは難しい顔をしていた。

その視線の先には、俺達が捕まえた竜族が二人。ドラゴン形態のままでは色々と困るので、強制的に人間の姿をとらせていた。

さらに、ソラとルナの魔法で拘束。普通の縄や手錠だと簡単に引きちぎられてしまうため、彼女達の力を借りたというわけだ。

それと、念の為に、俺達も近くで待機している。

「どうしたものか……って、裁判にかけるんじゃないの？」

「人間ならばそうするところだが、相手は最強種。扱いに困る」

カナデの質問に、ステラがため息をこぼす。

人であれ最強種であれ、罪には罰を与えなければいけない。

ステラも、本来ならば竜族達を裁判にかけたいのだろうが、二人が判決に素直に従うかどうか、大きな疑問が。仮に、強制労働の刑を課せられたとしても、二人はその力を駆使して脱獄をして、同じことを繰り返すだろう。

最強種の力を封印するという魔道具があるらしいが、あいにく、今は手元にない。

どのようにして罰を与えればいいか？

どうしたら、おとなしく判決を受け入れるだろうか？

みんなで頭を悩ませて考えるものの、結論が出てこない。

「ヤッてしまうか？」

「ヤッてしまいますか？」

双子が恐ろしい意見を口にした。

いや、まあ……

俺も同じようなことを考えて暴走したのだから、強く言えないのだけど。

「亜空間に……ぽいっ？」

「そ、それはそれでえげつなくない？」

ニーナの頭の上で、ティナがちょっと引いていた。

「過去に最強種が罪を犯した、っていう例はないのか？」

「あるにはあるのだが……」

ステラに尋ねてみると、難しい顔をされた。

「移送途中で逃げられた、魔道具を使いがんじがらめにして封印した、いっそのこと死罪にした……あまり参考にならないのだ」

「なるほど」

最強種を封印するなんて、とんでもない労力が必要になるだろう。下手な対策では、簡単に逃げられてしまう。

死罪という選択肢も、難しい。今回の事件、被害は大きいものの死者は出ていない。なので、死罪になるほどの罪を犯したとは言えないのだ。

ステラが扱いに困るのも納得だ。

他人事ではないので、俺達も一緒に頭を悩ませる。

ただ、うまい落とし所が見つからない。

本音を言うと、タニアを傷つけたこいつらを許したくはないのだけど、でも、そのことについてはもう終わり。

過剰な復讐は心を濁すだけということを、タニアに教えてもらった。まだ心の整理がついていないところはあるが、過度な報復はやめたいと思う。

「こいつらのことだけど、あたしに任せてもらってもいい？」

様子を見ていたタニアが、そんなことを言い出した。

カナデがぎょっとした顔をする。

「ま、まさか、タニア……これ幸いと、仕返しをするつもりじゃあ……」

「そんなわけないでしょ。レインがきっちりとやり返してくれたから、これ以上、ひどいことはしないわ」

「タニアがそんなことを言うなんて……まさか、ニセモノ⁉」

「カナデの中のあたしは、いったいどうなっているのよ？」

「怒らせたら怖い大怪獣？」

「そう認識しているのなら、なんで怒らせるようなことを言うのかしらねぇ……？　あんたの尻尾をぐるぐる巻きにして、二度とほどけないようにしてあげましょうか？」

「にゃああああっ⁉」

この二人、仲が良いのか悪いのか、たまに判断に迷う。

「はい、ストップ。話がおもいきり逸れているぞ」

「あら、ごめんなさい」

「それで……タニアに任せる、っていうのは？　なにか解決策が？」

「ええ、とっておきがあるわ。たぶん、そろそろ着くんじゃないかしら？」

「着く？」

なんのことだろう？

疑問に思っていると……


バァンッ！


牢屋に繋がる扉が勢いよく開いた。

そこから、小さい影が飛び出してきて……

「タニアちゃんっ！」

ぎゅうっ！　とタニアに抱きついた。

歳はニーナと同じくらいだろうか？

幼さが残る顔は、タニアの面影がある。よく似ていて、タニアを二回りくらいコンパクトにしたような感じだ。とてもかわいらしいと思う。

ただ、小さいけれど体の凹凸はハッキリしていて、わがままなボディだ。トランジスターグラマーというやつだろうか？

頭の上に鎮座する二本の角。お尻の辺りから生えている、鱗に包まれた尻尾。

間違いない……竜族だ。

そして、今までのパターンから考えると……

「タニアちゃん、タニアちゃん、大丈夫っ⁉　大きな怪我をしたって聞いたから、お母さん、心配で心配で……！」

「「「お母さんっ⁉」」」

みんなの驚く声がした。

俺はある程度予想していたので、さすがに声はあげていない。

ただ、多少の驚きはあるため、すぐに言葉が出てこない。

タニアは少し慌てた様子で、女の子を引き離す。

「もう、そんなに慌てないでよ。ほら。あたしなら、見ての通り大丈夫だから。落ち着いてちょうだい。あまり慌てると、あたしが恥ずかしくなるじゃない」

「だってだって、タニアちゃんが怪我をしたなんて……うぅ。お母さん、すごくすごく、ものすごーく心配したんだからね⁉」

「それは、その……ごめんなさい。心配をかけたことは、悪いって思ってるわ」

「ホントに大丈夫？　大丈夫なの？　大丈夫なんだよね？」

「大丈夫だから……ああもうっ、泣かないで。ほら」

「ふぇぇぇぇ……ずっと心配だったから、安心したらなんかこう、急に泣けてきちゃって……ぐすん。ごめんね、タニアちゃん」

タニアが苦笑しながら、母親？の目元をハンカチで拭う。

言動だけだと、とてもじゃないけれどタニアの母親には見えない。どちらかというと、歳の離れた妹だ。

ただ、タニアを見る目はとても優しく、母性にあふれている。見た目は幼いけれど、行動は母親そのもので、らしいところもあった。

スズさんやアルさんのことで、最強種の母親は常識外れだ、ということを理解しているため……彼女がタニアの母親であることは、比較的早く受け入れることができた。

「えっと……タニア。そろそろ、その人を紹介してくれないか？」

話の合間を見て、そう声をかけた。

「あ、ごめんね。もうわかってると思うけど……この人は、あたしの母さんよ」

「はじめましてー♪　いつもタニアちゃんがお世話になっています。タニアちゃんのお母さんの、ミルアっていいます」

ぺこりと頭を下げるミルアさん。

見た目だけではなくて、仕草もどことなく幼い。小さい子を見ているかのようだ。

「……」

じー――――と、ティナがミルアさんを凝視した。

「今までで一番幼いやんか……これで母親って、色々と反則やろ。最強種の母親は、みんなロリなんか？　ある意味うらやましいで」

「わぁっ」

ティナの視線に気がついたミルアさんが、ぱあっと顔を明るくした。

「お人形さんだぁ♪　かわいいなー、かわいいなー」

「わっ、ちょ、やめてーや⁉」

ミルアさんにがしっと鷲掴みにされて、ティナが慌てた。

そんなティナの反応を気にすることなく、ミルアはあちらこちらを観察する。

「おしゃべり機能搭載？　すごいねー」

「ちゃうから！　ウチは人形ちゃうで！　ちゃんと魂が中に入ってて、あっ、あああ、揺らさんといてー⁉　そこはダメやから、レインの旦那がいるからスカートは⁉」

「ちょっと母さん。遊んでないで、本題に入ってくれない？」

「あっ、そうだった」

「はぁ、はぁ……や、やられるかと思うたわ……」

ミルアさんから解放されたティナは、虫の息という感じだった。ミルアさんをとても警戒している様子で、すぐに距離を取る。

「えっと、ひとまず自己紹介をしますね。俺達は……」

とりあえず、俺達も自己紹介をした。

それから、ミルアさんに改めて尋ねる。

「それで、ミルアさんはどうしてここに？」

「タニアちゃんをいじめた悪い子を引き取りにきたの！」

◆

聞けば、ミルアさんは竜族の中でかなり上の立場にいるらしい。長に次ぐ実力、権力を持っているとか。

犯人達の処遇は、そんなミルアさんに一任されることになった。人間では持て余してしまう竜族も、同じ最強種なら裁くことができるからだ。

ミルアさんは、子供のような見た目と性格をしているが、しっかりとした判断のできる大人だ。同族だからといって犯人に同情をすることはなく、厳正に処罰することを約束してくれた。

なぜミルアさんがやってきたのか？

それは、タニアのおかげだった。

竜族の犯罪者の扱いに困るだろうと、そう判断していたらしく、あらかじめミルアさんに連絡をとっていたらしい。

タニアからの知らせを受けたミルアさんは、大事な大事な娘が傷つけられたと聞いて、慌てて飛んできたという。

ホライズンにやってきたのはミルアさんだけではない。他に二人の竜族が同行していた。

ミルアさんの部下らしく、その二人によって、犯人達は竜族の里に連行された。

どのような罰が与えられるのか？

気になりミルアさんに尋ねてみると、にっこりとものすごい笑顔を浮かべながら、「タニアちゃんをいじめた罰として、永遠に……ううん、なんでもないよ」と言われた。

たぶん、俺が想像する以上の罰を受けるのだろう。見た目は幼くても、中身は黒いのかもしれない。恐ろしい。

かくして、事件は無事に解決した。

……解決したのだけど。

「ぷはーっ、甘いミルクはおいしいねー♪　ルナちゃん、もう一杯、もらってもいいかな？」

「ま、まだ飲むのか？　かれこれ、もう十杯は飲んでいると思うぞ……？」

「十杯くらいじゃぜんぜん足りないよー。だから、ちょーだい」

「う、うむ……まあ、タニアの母上なのだからな。おもてなしはしなければならないな。うむ。すぐに用意するぞ」

「わーい、ありがとー♪」

ミルアさんは、我が家でくつろいでいた。

事件の後始末を頼んでおいて、そこで、はいさようなら、というわけにはいかない。タニアの母親なら、色々ともてなしたいとも思う。

ただ、ミルクをがぶ飲みされても困る。ウチは、無制限飲み放題の喫茶店じゃないのだけど。

「ちょっと、母さん！」

「どうしたの、タニアちゃん？　いきなり大きな声を出して」

「どうしたの、じゃなくて……ウチは喫茶店じゃないんだけど？　そんなにガバガバミルクを飲まないでくれる？　タダじゃないのよ」

「だってだって、ルナちゃんのミルク、すごくおいしいんだよ？　ちょっと砂糖が入って、ちょうどいい加減の甘さになってて、でもでも、さっぱりとしてて飲みやすくて……」

「ああもうっ、誰が感想を教えろって言ったのよ！」

ミルアさんのマイペースっぷりにイライラしているらしく、タニアはがしがしと頭をかいた。

ミルアさんはのんびりとした性格で、聡明(そうめい)ではあるが、心は幼いように思える。タニアのようなタイプとは合わないようで、衝突してしまうようだ。

とはいえ、親子仲が悪いわけではないはず。

タニアは、真っ先にミルアさんに連絡をしているし……

ミルアさんも即日、駆けつけてくるほどだし……

良好な関係を築いているのだと思う。

なんで、ミルアさんに育てられたタニアが、今のような性格になったのか、そこは不思議でたまらないのだけど、聞けない。

「タニアちゃんも一緒に飲む？　おいしいよ？」

「はぁ……それじゃ、あたしももらおうかしら。ルナ、いい？」

「うむ、任せろなのだ。レインもいるか？」

「なら、頼むよ」

「任されたのだ」

ルナが給仕のようなことをして、テキパキと追加のミルクの準備をする。その間、他のみんなは廊下の方から顔だけを出して、こちらの様子を見ている。

こっそりと覗き見ているつもりなのだろうけど、カナデとニーナは獣耳があるから丸わかりだ。

頭隠して獣耳隠さず？

「改めて……レイン・シュラウドです。タニアと一緒に冒険者をやっていて、一応、パーティーのリーダーを務めています。よろしくお願いします」

「うん、よろしくねー♪」

騎士団支部にいた時はごたごたしていたので、改めて挨拶をすることにした。

ぺこりと、互いに頭を下げる。

「今回はありがとうございました」

「ううん。お礼を言うのは私の方だよ」

ミルアさんは真面目な顔になり、じっと俺を見つめてきた。

その瞳は、大人の知性と聡明さが輝いていた。

「タニアちゃんから聞いたよ。タニアちゃんのために色々がんばって、戦ってくれた、って。ありがとう。タニアちゃんのお母さんとして、本当に感謝しているよ」

「いえ、当たり前のことですから」

タニアにはいつも助けられているし、今回のことで力になることができたのなら、それはとてもうれしいことだ。

そうでなかったとしても、タニアが困っているのなら絶対に助ける。

だって、大事な仲間なのだから。

「んー……んふふ♪」

なぜか、ミルアさんがにっこりと笑う。

「どうしたんですか？」

「タニアちゃんは良い人を見つけたなあ、って」

「はい？」

「レイン君だっけ？　タニアちゃんをよろしくね。ああ見えてタニアちゃんは奥手だから、ぐいぐいっと、なにをしてもいいからね。どんどん押していって」

「ちょ、ちょっと母さん！　それじゃ、まるであたしがレインのことを……」

「うん？　どうしたの？」

「ああもう……母さん、そういう無自覚な発言で、いつも周りを困らせていること、いい加減自覚してよ……はぁあああ」

ミルアさんに振り回されているらしく、タニアが疲れた顔をした。

それでも、どこか生き生きとして見えるのは、気のせいだろうか？

竜族の里を出て、一年以上経っているみたいだし、久しぶりの母娘の再会に喜んでいるのかもしれない。

　まあ、タニアの性格を考えると、それを素直に表に出さないかもしれないが。

「それで、母さんはウチでなにをしているの？　里に帰らなくていいの？」

「久しぶりだから、タニアちゃんと一緒にいたいのー。里には帰らなくても平気だよ？　私だけじゃなくて、他にたくさん仕事ができる人がいるからね」

　それは、他の人に仕事を丸投げしているという意味では……？

「それとも……タニアちゃんは、私がここにいたら迷惑？　ぐすん」

　うるっ、とミルアさんが涙目になる。

　うっ、という感じでタニアが怯む。

「そ、それは……」

「久しぶりだから……タニアちゃんと、もう少し一緒にいたいな。色々とお話もしたいな」

「……あーもうっ、好きにしなさいよ！」

「わーい♪　だから、タニアちゃん好き」

　無邪気に喜ぶミルアさんを見ていると、どっちが娘なのかわからない。

　見た目だけではなくて、仕草も幼いんだよな。

「って、勝手に決めちゃったけど……いい？」

「俺は構わないよ。みんなもいいよな？」

　覗き見をしているみんなに声をかけると、カナデとニーナの獣耳がぴょこぴょこと縦に動いた。

問題ない、ということらしい。

「しばらくはウチに泊まってください。部屋はいくつか空いているので」

「ありがとう、レインくん」

「ふむ……そうなると、歓迎パーティーだな！」

パチンと指を鳴らしつつ、ルナが笑顔で言う。

「賛成！」と廊下の方から声が飛んできた。

「よし！　では、今夜はミルアの歓迎会なのだ！　腕によりをかけて料理を作るぞ」

「わー、楽しみだなー♪」

「ふははは、我の料理はすばらしいからな。首を洗って待っているがよい！」

「それ、ケンカの時に言うものだからな……？」

「では、ソラもお手伝いを……」

「「やめてください」」

そして夜。ミルアさんの歓迎会が行われた。

ルナの料理がふるまわれて、みんな、笑顔でごはんを食べる。

カナデは、動けなくなるくらいお腹いっぱいに食べて……

ソラの作った料理が混じっていて、ニーナがトラウマを負ったり……

そんな事件があったりしたものの、楽しい時間が過ぎた。

「ふぅ」

歓迎会が続く中……俺は一人、外に出た。

少し飲みすぎたらしく、軽くふらふらする。

酔い覚ましに夜の冷たい空気を体に浴びると、ちょっと頭がスッキリした。

「飲みすぎちゃった？」

振り返ると、ミルアさんの姿が見えた。

酔っているらしく、ほんのりと頬が染まっている。

まだ幼いのに酒を飲むなんて……って、違う違う。ミルアさんは、俺よりもずっと年上なんだから、酒を飲んでも問題はない。ついつい、見た目の印象に流されてしまいそうになるな。

「隣いいかな？」

「はい、どうぞ」

ミルアさんが隣に座ると、心地いい夜風が吹いた。

どこかで虫が鳴いているらしく、リンリンリンという音が響く。

そして、頭上に静かに輝く月……とても穏やかな夜だった。

「ねえ、レイン君」

「なんですか？」

「ありがとう」

そう言うと、ミルアさんは突然頭を下げた。

「え？　ちょ……ど、どうしたんですか？　頭を上げてください」

いきなりのことに慌ててしまう。そのようなことをされる覚えがないのだけど……

でも、ミルアさんは下げた頭をそのままに、もう一度、「ありがとう」と口にした。

それから頭を上げて、にっこりと笑う。

「タニアちゃんを助けてくれて、ありがとうね。レイン君のおかげで、タニアちゃんは無事だったから……だから、タニアちゃんの命の恩人。本当にありがとう」

「俺だけの力じゃないですし……それに、仲間だから当たり前のことをしただけですよ」

「その当たり前ができる人は、なかなかいないと思うんだよね」

えらいえらい、とミルアさんが俺の頭を撫でた。

子供扱いされているのだけど、不思議とイヤな気分じゃない。むしろ落ち着くというか安らぐというか……不思議な感覚だ。

ふと、遠い記憶の中にある母さんのことを思い出す。

ミルアさんは幼く見えるけど、やっぱり、母親なのだろう。そのことを強く実感した。

「あとあと、もう一つ、ありがとうを言わせてほしいな」

「え？」

もう一つのありがとうと言われても、なにかあっただろうか？

不遜な竜族から助けた以外に、なにもしていないのだけど……

「タニアちゃんと一緒にいてくれて、ありがとうね」

「え？」

もう一つのありがとうは、予想外のものだった。一緒にいてくれて、と言うのだけど、意味がよくわからない。

なんだかんだでタニアの一人旅を心配していたのだろうか？

だから、仲間が一緒にいることに安心したのだろうか？

でも、それなら俺だけじゃなくて、他のみんなにも礼を言うはずだよな？

「あ、ごめんね。言っていること、よくわからないよね」

「えっと……すみません」

ごまかしても仕方ないと思い、素直に頷いた。

「私、ちょっと話を飛ばすところがあるみたいなんだー。昔から、タニアちゃんによく怒られていたの。お母さんの言うこと、色々とはしょりすぎててわからない、って」

「なるほど」

なんとなく、その光景が思い浮かんだ。

タニアがガミガミと説教するように怒り、ミルアさんがしょんぼりとする……想像したら、とても微笑ましい光景になった。

「タニアちゃん、一人で旅をしていたでしょ？　私、すごく心配だったんだ。タニアちゃんはしっかりものだけど、でもでも、ちょっと大雑把なところがあるから。それに、今回のような事件に巻き込まれる可能性もあって……だから、一緒にいてくれる誰かがいたらいいな、って思っていたの」

「それが……俺？」

「うん。タニアちゃんから聞いたよ。知り合ってから、ずっと傍にいてくれたんだよね？　だから、ありがとう……なんだよ」

そう言われても、特別なことをしたとは思えない。仲間なのだから、傍にいることは当たり前なのでは？

そんな俺の疑問を察したらしく、ミルアさんは、どこか遠い目をして語る。

「私達は最強種でしょ？　その中でも、竜族ってプライドが高いんだよねー。さっきの事件の犯人みたいに、人間を見下してる竜族って、実はそこそこいるんだよね」

「それは、ある意味では仕方ないことだと思いますけど」

竜族と比べたら、俺達人は大したことはない。身体能力も魔力も圧倒的に劣っている。

そんな相手を対等に見るというのは、なかなかに難しいことだ。

「そんなだから、タニアちゃんと一緒にいるの、大変なことだと思うんだよねー。さっきの事件の犯人ほどじゃないけど、タニアちゃんもプライド高いから」

「それは……」

「否定できないよね？」

「はは……はい」

苦笑しつつ、頷いた。

今はそれほどではないけれど、初めて顔を合わせた時は、やたらと強気で勝ち気だった。いきなり勝負を挑んでくるほどなので、とても驚いた。

今となっては懐かしい。

「でもでも、それじゃあダメだと思うの。プライドが高くても、でも、みんなと仲良くしないとダメ。今回の事件の犯人達みたいに、人間なんて、って見下げたらダメ。だから、里にいる頃、タニアちゃんには色々と言ってきたんだけど……」

「聞き入れてくれなかった？」

「うん、そうなんだよね。で、そのまま、タニアちゃんは掟に従って旅に出て……心配だったんだ。どこかで今回みたいなことをやらかさないか、って」

「まあ……不安はありますよね」

「でもでも、そんなことはなかった。レイン君と知り合い、一緒に過ごして……あの子は大きく成長することができた。単なる力だけじゃなくて、心が成長した」

ミルアさんの言いたいことは、なんとなくだけど理解した。

自分で言うのもなんだけど、タニアは人を深く理解することができた。もちろん、俺だけの力じゃない。みんなのおかげでもある。

ただ、俺がきっかけになったことは一部、あるかもしれないので……だからこそ、一緒にいてくれてありがとう、か。

「レイン君が一緒にいてくれたおかげだよ。誰かが隣にいることは、とても大切なことだから……一人だと寂しいし、成長できないから……だから、ありがとう。タニアちゃんと一緒にいてくれて、ありがとう」

「どういたしまして」

でも……と言葉を挟み、続ける。

「そういうことなら、俺もありがとう、って言いたいですよ」

「ふぇ？」

「俺、色々とあって、一度仲間を失ったんですけど……そんな時、タニアが仲間になってくれたんです」

当時のことを思い返しながら語ると、温かい気持ちになり、自然と言葉があふれてきた。

「ミルアさんが言うように、誰かが一緒にいることって、とても大切ですからね。タニアが成長したというのなら、俺も同じことで……タニアがいてくれたから、色々と変わることができた。タニアのおかげで、今の俺がいる。そう思っています」

「そっか」

「あと、あの二人の竜族との戦いで、我を失ってしまって……おもいきり暴走してしまったんです。でも、その時にタニアが止めてくれて、すごく感謝しています。だから、俺もありがとう……って」

「ふふっ。それを言うのは、私じゃなくてタニアちゃんに言わないと……だね」

「それもそうですね」

「タニアちゃん、きっと喜ぶよ」

「喜びますかね？」

「絶対喜ぶよ」

うーん、と迷ってしまう。

「似たようなこと、何度か口にしたことあるんですけど……そんな時に限って、タニアって妙に攻撃的になったり、機嫌が悪くなったりするんですよね」

「ははーん」

ミルアさんが、なぜかニヤニヤした。

なんていうか、とても悪い笑みだ。

「タニアちゃん、照れてるんだなー。ふふっ、そういうことかー、なるほどなるほど」

「ミルアさん？」

「ううん、なんでもないよー。なんでも、うふふ」

なにか気づいた様子だけど、教えてくれない。

自分で気づけ、ということだろうか？

「ねえねえ、レイン君。まだ起きているよね？」

「はい、そのつもりですけど」

「なら、もう少し、お話しない？　タニアちゃんのこと、色々と聞きたいな」

「いいですよ」

「やったー♪　お礼に、レイン君が知らないタニアちゃんのこと、なんでも教えてあげるね。主に、小さい頃のタニアちゃんの話とか。例えば……タニアちゃんは、何歳までおねしょをしていたのか、とか。その時に、どんな風にごまかしていたのか、とか」

「……それ、教えていいんですか？」

タニアがこの場にいたら、顔を真っ赤にして怒るような気がする。あと、俺に対しても羞恥の怒りが飛び火するだろう。

「いいんだよー。だって、私はタニアちゃんのお母さんなんだから」

えっへん、と胸を張るミルアさん。なぜかわからないし意味もわからないのだけど、不思議と、問答無用の説得力があった。

「まあ、タニアの過去は置いておいて……色々と話をしましょうか」

「うん、そうだね♪」

星が輝く夜空の下、俺とミルアさんは笑顔で色々なことを話すのだった。

～ Tania Side ～

「……あーもうっ、母さんのばか」

あたしは、偶然、レインと母さんが話をするところを見て……

そのまま盗み聞きをして……

なんともいえない気持ちになったところで、これ以上は悪いと思い、その場を後にした。

「あたしと一緒にいることに、ありがとう……か。ふふっ。レインらしいんだから」

小さく笑いつつ、場所を変える。

といっても、家に戻るつもりはない。もう少しの間、一人でのんびりしたいため、レインと母さんがいる反対側……家の裏手にある丘へ移動した。

「ん……綺麗ね」

街が一望できるだけじゃなくて、空に星が輝いている。

本でよくあるような表現だけど、宝石をちりばめるかのようだ。そんな星の輝きは、見る者の心を掴み、魅了する。

あたしは、そっと上に手を伸ばす。

もう少し……あとちょっとで、星空に手が届きそうだ。

「それにしても……ふふっ」

レインと母さんの会話を思い返して、ニヤニヤしてしまう。

盗み聞きをするのは悪いことなのだけど、でも、おかげでレインが普段、あたしのことをどう思っているのかよく知ることができた。

表面を見ているだけじゃなくて、しっかりと内面を見ていて、それでいて理解を示してくれている。そのことが感じられて、とてもうれしい。

うれしいといえば、もう一つ。

「やめろ、って言っておいてなんだけど……あの時のレイン、ちょっとかっこよかったかも」

助けてくれた時のことを思い返した。

ボロボロになったあたしを見て、レインは怒っていた。今まで見たことがないくらいに怖い顔をしていた。

あんな顔をさせてしまったことは申し訳ないと思うけど、でもそれだけじゃなくて、うれしいとも感じていた。

わりと身勝手な感情なのだけど……

あれだけ怒るということは、あたしのことを大事に想ってくれているという証拠。我を忘れてしまうくらい、大事に想ってくれているのだろう。

だから、うれしい。

矛盾したところはあるのだけど、ついついニヤニヤとしてしまう。

乙女心は複雑なのよ。

「……レイン……」

一度考えたら、ずっとレインのことばかり思い浮かべてしまう。

レインの怒った顔。

レインの笑った顔。

レインの困った顔。

レインの……なんでか知らないけど、レインのことが頭から離れない。

今までに似たようなことはあったのだけど、今回のように強烈なものは初めてだ。

いったい、どういうことなのかしら?

「……って、考えるまでもないか」

あたしは地面に座り、膝を立てた。その間に顔を埋める。

誰もいない、ってことはわかっているんだけど……それでも、この火照った顔を誰かに見られたくないから、念の為に隠すことにした。

それから、自分にしか聞こえないような小さな声でつぶやく。


「あたし……レインのことが好きなのね」


言葉にすると、一気に実感が湧いてきた。

胸の中が温かい想いでいっぱいになり、顔の火照りがどんどん強くなる。それと、ドクンドクンッ、と心臓がうるさいくらいに跳ねた。

「あーもう……まさか、こんなことになるなんて」

最初に会った時は、ちょっと変わった人間、っていう程度の印象。一緒にいたらおもしろそうだな、って考えてついていくことにした。

それから、一緒に旅をしているうちに、レインに対する興味が大きくなり……

次第に、レインのことを考える時間が増えて……

気がつけば、視線で追うようになっていて……

そして、今回の事件だ。

あたしのためにあそこまでがんばってくれて、あそこまで怒ってくれるところを見せられたら……もう、たまらないじゃない？

ハートをおもいきり射抜かれても、仕方ないじゃない？

「ふふっ」

レインのことを考えていたら、知らず知らずのうちに笑みがこぼれた。

たぶん、今のあたしは、にへらとだらしのない笑みを浮かべているだろう。

他の人には絶対に見せられない顔。でも、レインにならいいかも……

「って……なにを恥ずかしいこと考えているのよ、あたしってば。ホント、どれだけレインのことが好きなんだか」

自分で自分の想いに苦笑してしまう。

でも、仕方ないわよね。

だって……世界で一番愛しい人なのだもの。

「レインは……あたしのこと、どう思っているのかしら？」

あれだけ怒るくらいだから、大事に思ってくれているわよね……？

でも、それが好意かどうかとなると、怪しいところだ。彼は極端なくらいの善人で、今までの行為は全て、信念に基づいて行われたものかもしれない。その場合は、あたしに対する好意はないということに。

あ、やばい。

考えたら凹(へこ)んできたわ。

「んー……彼女はまだいないわよね？　そんな雰囲気はないし、それは確定っぽいのよね。好きな人は……どうなのかしら？　そこがものすごく謎だわ」

レインと一番接点が多い女の子といえば、あたしらだ。

カナデ、ソラ、ルナ、ニーナ、ティナ。

ニーナはまだ幼いから、さすがにないとして……ソラとルナも、若干、怪しい年齢よね？　そういう対象として見るには、やっぱりまだ足りない気がする。

そうなると、ライバルはカナデとティナ、っていうところかしら？　でも、ティナは一番付き合いが浅いから、好きになるのはまだ早いと思う。

そしてカナデは、恋人というよりは親友という雰囲気だ。それらしい甘い雰囲気は、今のところ大して漂っていない。

となると、一番可能性があるのはあたしということに……

「っっっ――――！？」

瞬間、ものすごく顔が熱くなる。それから、とんでもない恥ずかしさがこみ上げてきて、ついつい両手で顔を押さえた。

あたし今……レインと結ばれたことを考えていた。

その時のことを想像して、ニヤニヤして……

「あーもうっ」

じたばたじたばたと、その場で暴れた。近くに人がいたら、何事かと首を傾げていただろう。

「恋って、こんなに厄介なものなのね……」

まるで、あたしがあたしでなくなるみたい。

でも……ふわふわとしていて、とても心地いい。

あたしは今……恋をしている。

「レイン……大好き」

今はまだ告げられない想いを口にして……星空の下、もうしばらくの間、あたしはレインのことを想い、夜風を浴びるのだった。

◆

「あー……眠いわ……」

翌朝。ベッドから降りたあたしは、大きなあくびをこぼした。

結局……あの後、レインのことを考えて考えて考え続けておもいきり夜更かしをしてしまい、まともに眠っていない。おかげで、カクンカクンと首が揺れていた。

本当なら昼まで寝ていたいのだけど、そんなことをしたら何事かと思われてしまう。

「ふぁ……」

もう一度あくびをこぼしながら部屋を出る。

「おはよう」

「お……おはようっ」

リビングに移動すると、いきなりレインと出会う。ついつい昨日のことを思い返してしまい、声が上ずってしまう。

うわ、恥ずかしい。

こんなことにならないように、心は落ち着かせていたはずなのだけど……ダメだ。レインを前にしたら、急に恥ずかしくなってきてしまう。

落ち着いたはずの心は一瞬でざわついて、かあああ、と頬が熱くなるのを自覚した。

「うん？　どうかしたのか？」

「な、なんでもないわよ。ええ、なんでもないわ」

「そうか？　なんか、いつもと様子が違う気がするんだけど……？」

どうして、こういう時だけ鋭いのよ！

「き、気のせいじゃない？　あたしはいつも通りよ」

「そうか？　いや、でも……」

「な、なにっ？」

「顔、赤いぞ？　もしかして、また風邪を引いたのか？」

「ひゃっ!?」

レインの手があたしの額に!?

ひんやりとしてて、でも、気持ちよくて……

それに、レインがじっとあたしを見つめていて……

あう。

そ、そんな目で見つめないでよ。

なんていうか、その……は、恥ずかしくなって、意識しちゃうじゃない。

今でも意識しているのに、これ以上、レインを意識するなんて……あたし、恥ずかしさでどうにかなるかも。

まさか、竜族であるあたしがこんな風になってしまうなんて……恐るべし、恋っ！

「うーん……ちょっと熱いけど、風邪って感じじゃないな。なんだろう？」

「だ、だから言ったでしょう。なんともない、って。レインは心配しすぎなのよ」

「心配するに決まっているだろう。大事なタニアのことなんだから」

「っ!?」

そ、そういうことを簡単に言うし！

そういうセリフで、女の子がどれだけドキッとさせられているか、わかっているのかしら？

もう……レインってば、将来は女の子泣かせになるんじゃないかしら？

そんなことを本気で考えるあたしだった。

「にゃー……」

ふと気がつくと、カナデがじっとこちらを見つめていた。

「おっ。カナデ、おはよう」

「……うん。おはよう、レイン。タニア」

「おはよう」

「うにゃー……」

「どうしたんだ？　変な顔をして？」

「……ううん、なんでもないよ」

朝食を終えた後、部屋に足を向ける。

とにかく、今はレインを顔を合わせるのはまずい。一人になって落ち着かないと。

「ねえねえ、タニア」

部屋に戻る途中、カナデに声をかけられた。

いつもの能天気顔じゃなくて、珍しく真面目な顔をしている。

「ん？　なに？」

「ちょっといいかな？　話したいことがあるんだけど」

「いいわよ。あたしの部屋でいい？」

「うん。ありがと」

話ってなにかしら？

不思議に思いながら、カナデを部屋に招いた。

「お茶でも飲む？」

「タニアってお茶を淹れられたの⁉」

「なんで驚くのよ⁉」

「てっきり、ソラ枠なのかと……」

「失礼ね。とんでも料理製造精霊と一緒にしないでちょうだい」

「そうだね、ごめんね……奇天烈料理生産精霊と一緒にしたら、さすがに失礼だよね」

一番失礼なのは、そんな話をしているあたしらであった。

それはともかく、あたしはベッドに、カナデは椅子に腰を落ち着ける。

「それで、話って？」

「えっと……うん、そのことなんだけど……うにゃー」

カナデはなんともいえない表情を浮かべて、迷うように視線を揺らした。

話しづらい内容なのかしら？

でも、あたしはなにもしていないし、そんな話をされる心当たりがない。

「どうしたの？　話があるんでしょ？　遠慮はいらないから、ちゃんと話してよ。でないと、気になって仕方ないんだけど」

「……うん。それじゃあ、おもいきって聞くね？」

カナデは真面目な顔をして……それと、なぜか頬を染めながら、そっと口を開く。

「タニアって……レインのこと好きになった？」

「ごはっ⁉」

完全に予想外のセリフが飛び出してきて、あたしは妙な声をあげて、ベッドの上でひっくり返った。

「なっ、なななな……⁉」

「あー……その反応。やっぱりそうなんだ」

ごまかそうとしても、あまりに不意打ちすぎて動揺してしまい、冷静になることができない。

そんなあたしを見て確信したらしく、カナデは妙に温かい視線を送ってきた。

「タニアもレインを好きになったんだね」

「そっ、そそそ、そんなことは……って……あたし『も』？」

「にゃはは……」

カナデは恥ずかしそうにしながら、頬を指先でかいた。

その仕草は、どこからどう見ても恋する乙女。

「もしかして……カナデも、レインのことが好きなわけ？」

「んー……うん」

頬を染めながら、カナデがコクリと頷いた。

「も、もしかして……すでに付き合っている……とか？」

「そ、そんなことにゃいよっ⁉　まだ、そんなところまではとてもとても……」

「そうなのね……ほっ」

カナデには悪いことなのだけど、安堵(あんど)してしまった。

もし、すでに付き合ってると言われたら、あたしはショックで気絶していたかもしれない。

実のところ、恋愛なんてこれが初めてなので、まるで免疫がない。振られる可能性を考えただけで胸が痛くなるし、その光景を想像したら気持ち悪くなってしまうほどだ。

まさか、このあたしが、こんなことで振り回されるなんて……人生、どうなるかわからないものだ。

「カナデは、いつからレインのことを？」

「前に、お母さんが来たでしょ？　あの時、レインが無茶をして、私が看病をしていたじゃない？その時に……その……レインのこと好きだなー、って」

「あー……なるほどね。なんとなくわかるわ。無茶をして、と腹立たしいんだけど、でも、そこまでしてくれることがうれしくて……」

「うんうんっ、そう、そうなんだよ！　あの時のレインを見ていたら、もう、胸がキューってなっちゃって、すごく好きだなあ、って思ったの。タニアもそんな感じ？」

「まあね。今回の事件で、同じようなことを思ったわ」

「そうなんだ……」

「そうなのよ……」

「……」

「……」

沈黙が流れるけれど、気まずいというわけではない。

なんていうか……同じ人を好きになった者だけがわかる、シンパシーみたいなものがあった。

「タニアはどうするの？」

「ど、どうするって……なんのことよ？」

「その……告白する、とか？」

「こっ⁉」

まったく考えていなかったことを言われてしまい、ニワトリのような声を出してしまう。

告白……レインに告白……

頭の中で想像してみて、あたしはその場で身悶(みもだ)えた。

恥ずかしい！　ものすごく恥ずかしいんですけど⁉

戦うことに関して、まったく怯むことはない。二百年を生きるゴッサスを相手にした時も、怖いなんて思ったことはない。むしろ、やる気に満ち溢(みあふ)れたものだ。

しかし、告白は怖い。すごく怖い。とんでもなく怖い。

失敗したら、しばらく立ち直れないだろう。

「にゃー……その様子じゃあ、私と同じで今すぐに、っていうのは無理みたいだね」

「う、うるさいわね。だって、いざとなると恥ずかしいし……って、カナデも？」

「うん。レイン大好きだなー、って思うんだけど、告白ってことを考えるとどうしても踏み込むことができなくて……にゃー、私、意気地なしかも」

「そんなことないんじゃない？　あたしも同じだから……その……カナデの気持ちはわかるつもりよ？」

「えへへ、ありがと。タニア」

「それにしても……同じパーティーで、同じ人を好きになっちゃうなんてね。どうしたものかしら？　これ、問題になるんじゃない」

「んー……どうもしなくていいんじゃないかな？」

「どういうこと？」

「好きになる、っていう気持ちをどうこうすることはできないし……好きになったらなったで、それはそれでいいと思うんだ。だから、私は必要以上に気にしたくないというか、気を使いたくないっていうか……うーん、にゃん？」

話しているうちに混乱してきたらしく、カナデが小首を傾げた。

そんなカナデを見ていたら、ギクシャクしてしまうかも？　と考えたあたしが、バカみたいに思えてきた。

そうね。カナデとならうまくやっていけると思う。

さらに他の人がレインを好きになっても、やはり、うまくやっていける自信がある。

あたしらの想いをレインが知ったら、さすがに一波乱あるだろうけど……それでも、なんだかんだで、最終的にうまくまとまるような気がした。なんの根拠もないのだけど、あたしらなら大丈夫という想いがある。

レインの言葉を借りるなら、絆を感じている、というところか？

「それじゃ、あたしらは、今からはライバルっていうことね」

「にゃー、ライバル……うんっ、悪くないね！」

「どっちが勝っても負けても、恨みっこなし。正々堂々といきましょ」

「うん！」

「負けないわよ？」

「私もだよ！」

にっこりと笑い、カナデと握手するのだった。

６章　晴れ時々晴れ

　空を見上げると、青い空の中を白い雲がゆっくりと流れていた。雲の切れ目から太陽が顔を覗(のぞ)かせて、暖かい日差しを振りまいている。

「今日は良い天気だな」

「そ、そうだね！」

「こんな日はのんびりと散歩でもしたいな」

「そ、そうだね！」

「でも、冒険するのも悪くないな。いつも以上にがんばれそうだ」

「そ、そうだね！」

　隣を歩くカナデは、同じ言葉を繰り返していた。尻尾がピーンと伸びていて、右手と右足が同時に出ていて、なぜか、とてもぎこちない。

「カナデ？」

「にゃ、にゃに⁉」

「なんか緊張しているみたいだけど、どうしたんだ？」

「ううん！　ぜんぜん！　これっぽっちも！　緊張なんてしてにゃいよ？」

　全力で否定された。

どう見ても様子がおかしいのだけど……うーん？

まあ、体調不良とかそういう感じには見えない。カナデも年頃の女の子だから、男である俺に話せないことの一つや二つあるだろう。

一応、気に留めておいて、今は深く尋ねないことにしよう。

「ところで、今日は何を買いに？」

買い物に付き合って欲しい、と言われて街に出たのだけど、カナデは目的地を教えてくれない。

「あっ、えとえと、買い物というか、その……レインと一緒に行きたいお店があるの！」

「俺と一緒に？」

「にゃあにゃあ、い、言っちゃった……一緒に行きたいなんて、大胆なこと言っちゃったよぉ」

カナデが赤くなり、くねくねと悶えていた。

最近、こんな反応が多い。

なにを考えているのか、どうしてこんな反応をするのか。いまいちよくわからない。

こちらの疑問の視線に気がついたらしく、カナデは、ごまかすように話を続ける。

「え、えっとね？　おいしいケーキが食べられるお店があるの」

「あれ？　そんな店、あったたっけ？」

「にゃー、最近できたらしいよ。この街、けっこう発展してきているからね」

長い時間がかかったけれど、少し前に、ホライズンの新しい領主が赴任してきた。

新しい領主は前任者とは違い、聖人君子を絵に描いたような人だ。その上、優れた領地経営の手腕を持っている。

拝命してまだ少しなのに、ホライズンは活気のある街に変わっていた。全部、新しい領主の力だろう。

「新しいところだから、私一人だとなんていうか、寂しいというか尻込みしちゃうというか。えっと、えっと……レインと一緒に行きたいなー、なんて」

「そういうことなら、みんなも誘った方が良かったんじゃないか？」

「にゃ!? えとえと、ま、まずは私達が偵察にいかないと！　実はおいしくないお店だったりしたら、大変だからね！」

「お、おう？」

よくわからないが、カナデの勢いに押されてしまう。

「それじゃあ、行くよー！」

～ Kanade Side ～

レインを好きだと気がついて、しばらく。

そろそろ進展したい。

恋人になるとか、そんなゴールまでは期待していないのだけど……せめて、今以上に仲良くなるというか、私だけをちょっと特別に見てもらえるようになるとか、そんな風になりたい。

タニアも、レインのことを好きって判明したし、のんびりとしていることはできない。

時に、ぐいぐいっと前に進まないといけないのだ！


というわけで、レインをデートに誘った。

ちなみに、抜け駆けはしていないよ？

事前にタニアと打ち合わせをして、交代でレインとデートをすることにしたんだよね。それで、一番手は私、という感じ。

この機会を逃すわけにはいかない。今日のデートで、絶対にレインとの仲を深めてみせるよ！

「……って、意気込んでみたはいいものの」

あうあう、すごく緊張するよぉ！

いざレインの顔を見ると、なんかもう……恥ずかしくて恥ずかしくて、うまく言葉が出てこない。

寝癖とかできていないかな？　とか。

自慢の尻尾は今日も綺麗かな？　とか。

緊張のあまり変な顔をしていないかな？　とか。

あれこれと考えてしまい、どうにもこうにも落ち着くことができなくて、挙動不審になってしまう。

「カナデ？」

「にゃん⁉」

気がつくと、対面に座るレインが心配そうな顔をしていた。

店に入ってから、あれこれとずっと考え事をしていたから、心配をかけちゃったみたい。

「にゃ、にゃんでもないよ、なんでも！」

「そうは見えないんだけど……うーん」

「ほ、ホント大丈夫だから！　えっと、えっと……そう！　ケーキが楽しみで、落ち着かないの！」

「それならいいんだけど……もしも体調が悪いようなら、そう言ってくれ。カナデに無理なんてさせられないからな」

「う、うんっ」

にゃあ♪

レインに心配されちゃった。

やっぱり、レインは優しいなあ、かっこいいなあ。尻尾が勝手にフリフリと揺れてしまう。

「おまたせいたしました」

店員さんがやってきて、私とレインの前にケーキとドリンクを置いてくれた。

「おおおぉー！」

ケーキはたっぷりの生クリームで包み込まれていた。スポンジケーキの間に季節のフルーツがたくさんサンドされている。

仕上げに粉砂糖が振りかけられていて、雪が降り積もったみたいにとても綺麗だ。

「にゃあにゃあ♪　すごくおいしそうだよぉ♪」

「だな。さっそく食べようか」

「うん！　いただきまーす」

フォークの先でケーキをカットして、それから、ぱくりと一口。

「んんんぅー、おいしい！」

「いいな、コレ。甘さがくどくなくて、代わりにフルーツの自然な甘さがいい感じに主張してて
……うん、うまい。男の俺でもすんなりと食べられるよ」

「ふふっ、レインが喜んでくれてよかった」

せっかくのデートだもん。私だけじゃなくて、レインも楽しい、って思ってほしい。

そうすることで、たくさんたくさん、良い思い出ができると思うんだよね。

「あっ」

二口目を食べようとしたところで、フォークを落としてしまう。

店員さんに交換してもらおうと思ったけど、あいにくと、今は忙しいらしく姿が見えない。

「にゃー、どうしよう？　すぐに食べたいのに……」

「よかったら、俺が食べさせようか？」

「ふぇ⁉」

そ、そそそ、それって……あーん、っていうこと⁉

「あ、でも俺が口をつけたフォークなんてイヤだよな」

「ううん！　そんなことないよっ、イヤなわけないよ⁉」

「そ、そうか？」

あまりの食いつきっぷりに、レインがちょっと引いていた。思わぬ展開に喜んで、がっつきすぎたかもしれない、反省。

でもでも、恋する乙女はそういうものなんだよ？

「それじゃあ、口を開けて」

「あ……あーん」

私は恐る恐る口を開けた。

すごくドキドキする。心臓の音、聞こえてないかな？　聞こえてないよね？　もしもバレていたら、すごく恥ずかしい。

というか、なんかひな鳥になった気分。レインにあれこれしてもらって、ずっとずっと甘やかされたい。でも、そうなると私はダメ猫に……？

「ほら」

「あむっ」

レインにケーキを食べさせてもらう。

甘い……でも、それ以上にうれしい。

すごくすごく幸せ♪

「にゃふふふ……レインにあーんってしてもらっちゃった♪　あーん、って」

「ど、どうしたんだ、カナデ？　なんか変な顔をしているが」

「ううん、なんでもないよ！」

好きな人にあーんをしてもらえる幸せに浸っていただけだよ？

変な顔とは失礼だなあ、にゃー！

「ねえねえ、レイン。もう一口、いいかな？」

「ああ、いいぞ。ほら」

「あーん……あむっ♪」

レインにあーんをしてもらえるのが幸せで幸せで……たくさんケーキを食べさせてもらったんだけど、結局、味はよくわからなかった。

それくらいに緊張していて、でも、とてもうれしい時間だった。

◆

「レイン、こっちよ」

少し先を歩くタニアが、早くおいでというように手を振る。

先日のカナデと同じように、タニアの買い物に付き合っているのだけど……やはりというか、今日も他のみんなはいない。

タイミングが悪く、みんなの都合が合うことはなかったのだけど、まるで示し合わせたみたいだ。

とはいえ、そんなことをする意味がわからないし、考えすぎだろう。

「ところで、今日は何を買うんだ？」

「アクセよ」

「アクセ……ああ、アクセサリーか」

一瞬、なんのことかわからなかった。

男っていうこともあるが、アクセサリーを手にする機会なんてなかったからな。あまりにも触れる機会がないものだから、存在そのものを忘れそうになっていた。

そんなことを考えながらタニアの後を追いかけて、ほどなくして露店が立ち並ぶ通りにやってきた。

「色々あるわね」

指輪、腕輪、ネックレス、イヤリング……その他諸々、色々な装飾品が売られている。

装飾品だけではなくて、日用雑貨も置かれていた。それと書物に小物に……たくさんの商品が並んでいる。まるで市場みたいだ。

「おっ、この本は」

気になる本を見つけて手に取る。

小さい頃に読んでいたおとぎ話だ。

「懐かしいなあ……これ、何度も読んだな。値段は……おっ、手頃だ。いいな、これ」

「ちょっと、レイン……」

気がつけばタニアがジト目で俺を見ていた。

そりゃそうだ。買い物に付き合う立場なのに、タニアを放っておいたら機嫌も悪くなる。

「ご、ごめんっ。つい……」

「もうっ。レディを放っておくなんて、男としては失格よ」

「反省しているよ」

　本を戻して、タニアを見る。

「えっと……タニアはどんなアクセサリーを買うんだ？」

「まだ具体的には決めていないのよね。実際に見て……あと、レインの意見がほしいの」

「俺の？　でも、アクセサリーとかぜんぜん詳しくないぞ」

「詳しいとか、そういうのはどうでもいいの。そ、その……レインの意見が聞きたいのよ。あたしに似合うか似合わないか、レインの感覚で意見して」

「それでいいなら手伝うよ」

「べ、別にレインの好みが気になるとか、そういうわけじゃないんだからねっ⁉　ただ、周りにちゃんとした男はレインしかいないから……それで、レインの意見が聞きたいだけなのよ！　た、他意はないんだからっ」

「ああ、わかっているよ」

「……素直に納得されると、それはそれでモヤモヤするわね。この鈍感テイマー」

　よくわからない称号が、また一つ増えた。

　怒らせてはいないみたいだけど、拗ねている？　そんな感じだ。

とはいえ、その理由がわからないので、鈍感と言われても仕方ないのかもしれない。もう少し、女の子の心を理解できるようにがんばった方がいいのだろうか？

「とにかく！　レインの意見を聞かせてちょうだい。どんなアクセサリーがいいと思う？」

「うーん、そうだな……」

タニアのアクセサリーを選ばないといけないなんて、責任重大だ。

変なものを選んだら、タニアが傷ついてしまうかもしれないし、できることなら気に入ってもらえるようなものを選びたい。タニアの喜ぶ顔が見たい。

がんばって選ぶとするか。

～Tania Side～

「うーん」

レインは真剣な顔でアクセサリーを選んでいた。

戦いの時みたいに真面目な顔をしていて、そこまで本気にならなくていいのに、とついつい声をかけてしまいそうになる。

でも、まあ……

「……これはこれでうれしいわよね」

好きな人があたしのために、真剣にアクセサリーを選んでくれている。なんとも素敵なシチュエーションではないか。

恋する乙女としては、胸がドキドキしてしまう。

先日、カナデがレインとデートした時も、あの子はこんな気持ちだったのかしら？

「……」

あたしは、気がつけばレインの方に視線が飛んでいた。

落ち着かなくて、何度も何度もレインの顔を見て……恥ずかしくなって目を逸らして、でも、すぐに視線を元に戻す。そんなよくわからない行動を繰り返してしまう。

この行動について、説明なんてできない。

それが『恋』っていうものだと思うから。

って……あたし、ものすごい恥ずかしいことを考えているわね。こんなことを考えていることがレインに知られたら、あたし、羞恥で死んじゃうかも。

「タニア」

「ひゃあああああっ⁉」

不意に声をかけられて、おもいきり声がひっくり返ってしまう。

「どうしたんだ？」

「な、なんでもないわよ⁉　ええ、なんでもないわっ」

「どう見てもなんでもあるように見えるんだが……えっと、大丈夫か？」

「大丈夫！　ぜんぜん平気よ！　それよりも、どうかしたの？」

強引に話を逸らした。

この話を続けたくないと察してくれたらしく、レインは話を元に戻す。

「タニアに似合いそうなものを選んでみたんだけど……これなんてどうだ？」

レインが差し出したのは、ルビーのイヤリングだった。紅（あか）い宝石が輝いていて、透き通るような透明感がある。

「わぁ、綺麗」

「気に入ってくれたみたいだな。よかった」

「でも、これ高そうね？　値段は……えっ、こんなに安いの⁉」

ルビーのイヤリングは、銀貨三十枚だった。これでも安いとは言えないかもしれないけど……でも、金貨十枚くらいはするんじゃ？　と思っていたから、安いと思えた。

「どうする？」

「そうね、うーん……よしっ、これに決めたわ！」

「了解」

「え？　え？」

レインは柔らかい表情を見せると、露店の店主にお金を渡してイヤリングを購入した。

今日は、あたしも財布を持ってきている。日々のおこづかいを貯（た）めているため、それなりにお金を持っている。

なのに、どうして……？

あたしの疑問を察したらしく、レインはちょっと照れたように言う。

「こういう時は男がプレゼントするものだろう？」

「……レイン……」

「まあ、えっと……たまには格好つけさせてくれ。日頃のお礼と感謝、ということでさ」

「ありがとう」

あたしはにっこりと笑い、イヤリングを受け取る。

そして、さっそく身につけてみた。

「えっと……どう、かしら？」

「似合っているよ。すごく綺麗だ」

とてもシンプルな褒め言葉だけど、でも、それがレインらしくてとてもうれしい。

にっこりと笑う。

そんなあたしの頬は、たぶん、赤く染まっているだろう。

「それと……あと、これも」

「え？」

なぜか、レインはもう一つ、包みを差し出してきた。今買ったものじゃないから、あらかじめ買っていたものなのだろう。

でも、まったく心当たりがない。なんで？

「どういうこと？」

「お礼をしたくて」

「お礼って……え？　なんのこと？」

「俺がダメになった時、タニアが止めてくれる……その約束を、しっかりと果たしてくれたじゃないか」

「あ……」

「あの時、ちゃんと言えなかったんだけど、すごく感謝しているよ。あの時の俺、今思うとどうかしてて……タニアが止めてくれなかったら、ひどいことになっていたと思う。だから、止めてくれてありがとう。本当に感謝している。その気持ちを、少しでも伝えたくて」

「……気にすることないのに」

あたしは、なにかあればレインを止めると約束した。約束を果たしただけなので、レインが気にするようなことじゃない。こうして、サプライズプレゼントを用意することもない。

でも……素直にうれしい。

なによ。こんなことされたら、にやけちゃうじゃない。

「改めて、ありがとう、タニア」

「ふふっ、どういたしまして」

「できれば、これからも一緒にいてほしい。それで、また俺がやらかしそうになったら、止めてほしい」

「え？」

それって、なんていうか……受け取り方によっては、プロポーズにも……

「タニア？」

「な、なんでもないわ!?　なんでも！」

「そ、そうか？　それならいいんだけど……」

「と、とにかく。頼まれなくても、一緒にいてあげるわよ。あたしは、その……レインの仲間なんだから」

そこで、好きだから、と言えないあたしはヘタレだろうか？

内心、苦笑しつつ……今はこれでいいか、とどこかスッキリした気持ちになるのだった。

◆

カナデとタニアと出かけたのだけど……どうも、みんなはこっそりと打ち合わせをしていたらしい。順番で俺と一緒に遊ぶ。

目的はよくわからないけど、そんな計画を立てていたみたいだ。

そして、今日は……

「レイン、早く来てください。時間は有限ですよ」

「さあ、レッツゴー！　なのだ」

「みんなで、お出かけ……えへへ、うれしいな」

「んー、楽しい一日になりそうやなあ」

ソラとルナ、それとニーナとティナ。最後に俺を入れて、五人で街へ繰り出していた。

我が家でのんびりしていたミルアさんも誘ってみたのだけど、今日はタニアと母娘の時間を過ごすらしく、断られてしまった。少し残念だけど仕方ない。

俺達五人で街へ出るが、特に目的地は決まっていない。街をのんびり散歩したい、というのが目的みたいで、適当に歩き回っていた。

ホライズンに拠点を構えてそれなりに経つけれど、思えば、じっくりと見て回る機会がなかった。一度、ソラとルナと散歩をしたものの、その時はエドガーに邪魔されたからな。

たまには、こんな時間も悪くない。

のんびり見て回ることで、色々な発見がある。

例えば、隠れ家的なおいしい飲食店を見つけたり。

例えば、色々な小物がお手頃価格で売られている露店を見つけたり。

例えば、綺麗な景色を見つけたり。

今までは知ることのなかったものを、たくさん見つけることができた。

みんな笑顔で、会話が途切れなくて……これからは冒険ばかりじゃなくて、こういう散策も大事にした方がいいかもしれないな。

「おっ、良い匂いがするのだ！」

「ホットドッグですね。チラチラ」

ルナとソラが期待に満ちた目で俺を見た。

二人だけじゃなくて、ニーナとティナもこちらを見ている。ニーナの尻尾は、期待するようにぶんぶんと揺れていた。

他のみんなも、尻尾があったとしたら同じように揺れていただろう。

ついつい苦笑しつつ、財布から銀貨を取り出す。

「ごはんもあるから、一人一本な？」

「わーい、なのだ！」

ルナが代表して銀貨を受け取り、露店にダッシュした。

みんなもそれに続く。

「なんていうか……落ち着くなあ」

みんなと一緒に散歩をして、同じものを食べて、のんびりと過ごす。

いつまでもこんな時間が続いて欲しい……そんなことを思った。


ホットドッグを食べた後、ドーナツの露店も発見した。

ニーナが瞳をキラキラとさせて、ものすごく欲しそうにしつつも、「ホットドッグだけ……だよね。我慢、するね」なんてことを言うものだから、負けて買うことにした。

それから、さらに街を散歩して……気がつけば、陽がゆっくりと傾いてきた。

そろそろいい時間だ。

家に帰ろうとして……その途中。

「お？」

なにかに気がついた様子で、ルナが空を見上げた。

つられて上を見ると、いつの間にか夕陽(ゆうひ)が隠れてしまい、灰色に曇った空が広がっていた。

やがて、ぽつぽつと雨が降り始める。

「わっ、わっ。雨やで！　急いで帰らんと！」

「まだ家まで距離があるぞ？」

「んっ……大丈夫、だよ」

ニーナが亜空間を開いて、中に手を入れた。

ごそごそとなにかを探すような仕草をした後、傘を抜き取る。

「おーっ、ナイスやで、ニーナ！」

「それは、あらかじめ準備しておいたのか？」

「雨が降るかもしれないなんて、よくわかりましたね？」

「んー……なんとなく。尻尾がゾワゾワ、ってしていたから」

野性の勘かな？

狐(きつね)って、天候を察知するの得意そうだから、ニーナもなんとなくわかるのだろうか？

「はい……レイン」

傘は一本だけみたいなので、一番背の高い俺が持つことにした。

まずは、ニーナをおんぶして、その頭の上にティナが座る。最後に、ソラとルナが左右から抱きついてきた。

みんなコンパクトなので、ちょうどいい具合に傘の範囲に収まることができた。雨もそれほど強くないので、これなら、たぶん濡れることはないだろう。

「とはいえ……ちょっと窮屈だな」

おしくらまんじゅうをしているみたいだ。

ちょっと歩きづらい。

でも、たまにはこんなのも悪くないかもな。ゲームをしているみたいで楽しい。

「我が姉よ。もう少しそっちに行ってくれないか？　我が濡れてしまう」

「そういうルナが離れてください。そんなに抱きついたら、レインが歩きづらそうですよ」

「ふふん、これはわざとなのだ。当てている、というヤツなのだ。こうすると、世の男はみんな喜ぶと聞いたのだ」

「ルナ……そういうことをソラ達がしても、虚しいだけで、得られるものは何もないですよ……」

「レインよ、そうなのか？　我がこうして抱きついても、何も感じないのか？」

「えっと……ノーコメントで」

二人はまだまだ成長期だろうから、あまり気にすることはないと思う。

とはいえ、デリケートな問題なので口を閉じることにした。

「んぅ……レイン？」

「うん？　どうした？」

背中のニーナがもぞもぞと動いた。

「わたし……重く、ない？」

「全然。むしろ、軽いよ」

「そっか……えへへ、よかった」

体重を気にしているのかな？

ニーナは全然太っていないし、そもそも、そういうことを気にする歳(とし)でもないと思う。さらに付け足すのならば、むしろ痩せている方だ。

まったく気にすることはないのだけど、なんだかんだで女の子、っていうことなのかな？

「なああ、レインの旦那。みんなに抱きつかれて、ちょっとしたハーレムやな。うれしいん？」

「それもノーコメントで」

「ふひひっ、うれしいんやろ？　照れてるんやろ？　ソラもルナもニーナも、みんなちっこいのになあ。あかんでー、犯罪やでー」

「からかわないでくれ」

「ウチなりのスキンシップや」

「もっとまともな方法で頼む」

ティナはこの状況を楽しんでいるらしい。

ニヤニヤしているところが容易に想像できる。

「ウチも抱きついたるで。ほら、うれしいやろ?」

「ん。わたしも、もっと……ぎゅうって、するね?」

「ソラも負けていられませんね。ぎゅううう」

「第一回、レイン抱きつき選手権なのだ!」

謎の大会が開催されてしまい、家に帰るまでの間、みんなに抱きつかれることに。

どうしたらいいか反応に困る。

でも、みんなは笑顔でとても楽しそうだ。それなら、なんでもいいか、と開き直ることにした。

最後に雨は降ったものの、これはこれでアリ。

またみんなで散歩に行きたいなと、そんなことを思う、のんびりとした休日だった。

幕間(まくあい) ターニングポイント

アリオス一行は、王都から近いところにある廃村へ向かっていた。

そこに魔物が住み着いて、道行く人々に危害を加えている。その魔物の討伐が目的だ。

本来ならば、アリオスは気にすることなく、旅を進めるつもりでいた。廃村に住み着いた魔物の討伐なんて、冒険者にでもやらせればいい。

自分は勇者であり、その最終目標は魔王の討伐。些事(さじ)に構っているヒマなんてない。ついでに言うのならば、人助けなんてどうでもいい。

民に被害が出るかもしれない？

知ったことか。

力がないのなら、おとなしくしておけばいい。余計なことをせず、手を煩わせないでほしいものだ。迷惑以外の何物でもない。

そんなことを本気で考えていた。

なので、いつもならば無視していたのだけど……今回は事情が違った。

「さあ、アリオスさま。もう少しで目的地ですよ。がんばりましょう」

女騎士が、笑顔でアリオスにそう声をかけた。

金色の髪は肩で切りそろえられていた。鎧を身に着けていても、その体のメリハリがよくわかる。

街を歩けば、道往く人がついつい振り返ってしまうような美貌の持ち主の名前は……モニカ・エクレール。王都の親衛隊騎士だ。

なぜ、親衛隊がアリオスと行動を共にしているのか？

答えは……監視だ。

最近のアリオスの行動は目に余るものだった。独断専行がすぎるだけではなくて、民に害を及ぼす愚行に走る。

とはいえ、勇者であるアリオスを閉じ込めておくわけにはいかない。かといって、今すぐに性格を矯正する方法なんてない。

そこで国王は、監視をつけることにした。監視をされている状態では、さすがにバカな行動を起こすことはないだろう。そう考えた国王は、アリオスの元にモニカを派遣したのだ。

当初、アリオスはモニカを追い返そうとしたが、彼女の派遣は国王が決定したことだ。

さすがのアリオスも、国王の命令を無視することはできず、渋々ながらも受け入れた……というわけだ。

そして、モニカから廃村を巣にする魔物の話を聞かされて、討伐をするハメになった。

無視をしたいが、そんなことをすれば都合の悪い報告をされてしまい、今以上に立場が悪化してしまう。


「くそっ」

アリオスは小さく舌打ちした。

なぜ、自分がこんなことをしなければいけない？

なぜ、監視されなければいけない？

苛立ちが募り、自然と足取りが荒くなる。

どう考えても自業自得なのだけど、アリオスは、自分に非があるとは思わない。理不尽な扱いを受けていると、心の中で愚痴をこぼす。

直接的な言葉は口にしないものの、子供のようにふてくされていた。不機嫌で、今回の任務に不

満があることは明白だ。

しかし、誰も彼に話しかけようとしない。

触らぬ神に祟りなし。

声をかければ余計なとばっちりを食うのは明白なので、仲間たちは気づかないフリをしていた。

そんな仲間達は、モニカと親しげに話をする。

「ふむ、なるほどな。そういう戦術もあるか……なるほど、参考になるな。モニカ殿は先の先まで見ているのだな」

「いえ、私なんてまだまだですよ。王都の騎士には、もっとすごい方がいますからね。あと、アッガスさん。私のことは、モニカで構いませんよ。殿なんてつけられると、くすぐったくて仕方ありません」

「わかった。なら、モニカと呼ばせてもらおう」

「ねーねー、モニカ」

「はい、なんですか?」

「んー」

リーンはモニカの前に回り、じっと彼女の顔を見つめる。

その瞳には、ちょっとした憧れのような色が。

「モニカって、すっごい綺麗な肌してるよね」

「え? そうでしょうか?」

「どんなケアしてるの？　教えてくんない？　ねっ、ミナも興味あるっしょ？」

「いえ。私はそのようなことは別に……」

「ほら、ミナも興味あるって。教えてよー」

「そう言われても、困りましたね。私、特別なことはなにもしていないのですが……」

「えっ⁉　うっそ、マジで⁉　素でソレなの⁉」

「はい、そうですよ」

「うっわー……自信なくすわ。ねえねえ、ミナもそう思わない？　モニカって反則だよねー」

「いえ。私は特に興味はないので……」

「まてよ？　もしかして、日頃の生活が関係してんのかな？　ねーねー、モニカは……」

「リーン。あまりモニカさんを困らせてはいけませんよ」

「いえ、困ってなんていませんよ。ふふっ。こういう話をしたことはないので、新鮮な気持ちです」

「そうなのですか。王都では、どのような生活を？」

「そうですね……日々、研鑽（けんさん）を積んでいる感じでしょうか。奇妙な縁ではありますが、こうして勇者さまのパーティーの一員となりましたし、もっともっとがんばらないといけませんからね」

「素敵な考えですね。モニカさんのこと、とても頼りにしていますよ」

「ありがとうございます。期待に応えられるように、がんばりたいと思いますね」

　アッガス、ミナ、リーンの三人は、モニカという新しいパーティーメンバーを笑顔で受け入れていた。ニセモノの笑顔ではなくて、彼女を好ましく思っているという、本物の笑顔だ。

国王命令だから逆らえないという理由もあるが……それ以上に、真面目で優しく、それでいて気さくな性格をしているため、皆が彼女を気に入ったのだ。

アリオスの暴走でパーティーが崩壊しつつあったが、モニカという中和剤が投入されたことで、なんとか持ち直していた。

パーティーメンバー間の会話も増えて、笑顔も増えた。

ただし、アリオスは除く。


「……ちっ」

楽しそうに話をする仲間達を見て、アリオスはつまらなそうに再び舌打ちをした。

モニカは自分達を監視するために派遣された。それなのに、なぜ仲良くするのか？

普通に考えて疎ましく思うはずなのに……そのような感じで、苛立ちが募る。仲間の会話が聞こえてくる度に、アリオスの表情が険しくなる。

この時に彼が抱いている感情は、仲間はずれにされて拗ねる子供のような、ひどく幼い感情だった。ただ、そのことを自覚することはなくて、仲間達も指摘することはなくて、どんどん暗い感情をこじらせていく。

コイツさえいなければ。

アリオスは、先を行くモニカの背中を睨(にら)みつける。

「ふふっ」

「……なんだ？」

不意に、モニカと目が合った。

そこそこの距離が離れているはずなのに、声をかけたわけでもないのに、物音を立ててもいないのに。

アリオスの視線に気がついたかのように、モニカが振り返り、視線を合わせてきた。

そして……笑った。

その笑みは、氷のように冷たい。良い感情も悪い感情もない。とても無機質なもので、おおよそ、人が浮かべる笑みとかけ離れている。

かといって、アリオスに敵意を向けているわけではない。むしろ、どちらかというと親しみを感じられるような笑みだ。

今までに会ったことのない人、見たことのない反応。そのことに対して、アリオスは今までの苛立ちを忘れて、寒気に似たイヤな予感を覚えた。

これから先、なにか大きなことが起きるかもしれない。

そのきっかけとなるのは……おそらく、モニカだろう。

「なんなんだ、あの女は……」

モニカから視線を外して、アリオスは足を進めた。

……気がつけば、手に汗をかいていた。

◆

アリオス達は、大きな問題もなく、廃村を巣にする魔物を撃破した。そして王都へ戻り、国が用意してくれた宿で体を休める。

その夜。

「……」

誰もが寝静まったような遅い時間、宿から人影が現れた。大きなローブのフードを深くかぶっているため、顔はわからない。

人目を避けるように裏路地を通り、どこかへ移動する。

しばらくして、人影は今は使われていない家に入る。

「……ふう」

小さな吐息をこぼして、人影はローブを脱いだ。

その正体は……モニカだ。

モニカは家の中を見回した。なにかに気がついた様子で、優雅に一礼する。

「おまたせいたしました」

「ふふっ、遅かったですね」

暗闇から声が響いた。

夜の闇が凝縮して実体を伴う。

一人の女性が現れた。

血のように赤い瞳と紫の髪は美しく、ともすれば絶世の美女に見える。しかし、その正体はリースという名の魔族だ。

リースはニヤリと口角を釣り上げて、楽しそうに笑う。

「このような夜遅くまでナニをしていたのかしら？　もしかして、勇者と楽しんでいたのですか？」

「ご冗談を。私とアリオスさまは、そのような関係ではありません」

「あら、つまらないですね。そうだとしたら、もっとおもしろくなっていたと思うのに」

「リースさまがそうしろ、というのならば従いますが？」

「そうですね……戯れで言っただけなのだけど、それはそれで、悪くないかもしれませんね」

リースと呼ばれた魔族は、考えるような仕草をとる。

笑みを消しているところを見ると、わりと真剣に考えているのだろう。

ややあって答えを出す。再び笑みを顔に宿しながら、ゆっくりと言う。

「親しくなっておきなさい。そうしておいた方が損はありません」

「はい、わかりました」

「ただ、体の関係にまで発展するかどうかは、モニカに任せます。さすがに、そのようなことまで強要したくありませんし」

「ですが、リースさまの命令なら、私はなにも問題は……」

「私達の目的のためとはいえ、モニカに苦痛を感じさせるようなことは避けたいの。わかってくれますか？」

「……ありがとうございます。そのお言葉だけで、私はなによりも幸せです」

「ふふっ、かわいいモニカ。なので、そちらは本当に好きにして。無理強いするつもりはこれっぽっちもないから、モニカの判断に任せます」

「では、様子を見て判断いたします」

「そうしてちょうだい」

王都の騎士であるはずのモニカが、魔族を敬い、頭を下げている。この場に第三者がいれば、この異様な光景に驚いていただろう。モニカを裏切り者と判断して、詰問していたかもしれない。

しかし、モニカからしたら、裏切るようなことはなに一つしていない。

なぜならば、モニカが真に仕える相手は国王ではなくて、目の前にいる魔族の女性、リースなのだから。

モニカにとって、リースこそが全てであり、己の全部を捧げる相手なのだ。

「それじゃあ、話を聞きましょうか」

「はい、報告をさせていただきます」

「邪魔者になりつつある人間、レイン・シュラウドを排除する。それともう一つ……人間の勇者、アリオス・オーランドを私達の都合の良い方向に誘導する。その二つがうまくいっているかどうか、途中経過を聞かせてちょうだい？」

7章　昇格試験

適度に休暇を取り、適度に活動をして……気がつけば、ドラゴン襲撃事件からそこそこの日が経っていた。

先日、ミルアさんが里に戻った。あれから我が家に滞在して、タニアとの時間を楽しんでいたのだけど、そろそろ帰らないと仕事がまずいことになるらしい。

それと、「タニアちゃんの良い人も確認できたから、あまり邪魔したらいけないよね」ということも言っていたのだけど……それはなんのことだろう？

とにもかくにも、竜族の里へ帰るミルアさんをみんなで見送り……再び穏やかで楽しい日常が戻ってきた。みんなが笑顔でいてくれて、とても充実した日々を過ごす。

そんなある日のこと。

「レイン、手紙よ」

「ありがとう、タニア」

リビングでのんびりしていると、タニアから手紙を渡された。

差出人を見ると、ナタリーさんだった。

なんだろう？　不思議に思いつつ、手紙を開ける。

「なんて書いてるの？」

興味があるのか、タニアが隣から声をかけてきた。

そんな彼女を見て、軽く首を傾げる。

「なあ、タニア？」

「なに？」

「なんか、距離が遠くないか？」

俺とタニアの間は、一人分くらいの距離が空いていた。

気の所為というわけじゃなくて、確かなこと。

というのも、ここ最近、ずっと微妙な距離があるんだよな。なので、間違えようがない。

「き、気のせいじゃない？」

「そんなことはないと思うんだけど」

「べ、別にレインの傍にいるのが恥ずかしいとか意識しちゃうからとか、そういう理由じゃないわよ⁉　いいっ、勘違いしないでね⁉」

タニアは頬を染めて、落ち着きなく視線を左右に逸らしていた。それと、尻尾が忙しなくゆらゆらと揺れている。

照れている……のだろうか？

いつも一緒に過ごしているから、なんとなくだけど、タニアの感情がわかるようになった。

でも、なにに対して照れているのか、それがわからない。

俺、なにもしていないよな？

「ちょ、ちょっとレイン……あたしのこと、そんなに見つめないでよ」

「え？　ダメなのか？」

「あ、当たり前でしょ。女の子をじっと見つめるなんて、マナー違反よっ」

言われてみれば、それもそうか。

「悪い。なんかタニアの様子がおかしいから、つい」

体調が悪いとかそういう感じはしないので、たぶん、大丈夫だろう。

それに、必要以上に構うと、うっとうしがられるかもしれない。

「うーっ……あたしに言われたからといって、すぐに視線を外すなんて。べ、別に、あたしのことを見たいならそう言えば……」

「どうしたんだ、タニア？」

再び隣を見ると、タニアはブツブツと何事かつぶやいていた。

「な、なんでもないわっ」

「えっと……了解だ」

「なんであっさりと……もっとツッコミなさいよ」

どうしろと？

「そ、それで……それ、ナタリーからの手紙なんでしょ？　なんて？」

タニアが強引に話を逸らす。

深く追及しない方がいいだろうと思い、その話に乗る。

こういう感じの女の子は、色々とあるから気をつけた方がいい、なんていう話をずっと昔、父さんに聞いた覚えがある。女の子の機嫌は山の天気のように変わりやすいから、しっかりと観察して、余計なことをしないように注意するんだぞ……と。

その教えは役に立ったのかもしれないが……

今にして考えると、子供になんてことを教えているのやら。

「えっと……大事な用があるから、時間がある時にギルドに来て欲しいみたいだ」

「大事な用事って？」

「それは書いてないな」

「なにそれ。大事な用事なら、普通、書いておくでしょ」

「情報が流出したら困るからな。ギルドでは、情報伝達や交換は手紙などは使わないで、なるべく対面で済ませるようにしているんだよ」

「ふーん、めんどくさいのね。それで、いつ行くの？」

「ちょうどヒマしていたから、今から行こうと思う」

「そう。えっと……なら、その」

「せっかくだから、タニアも一緒に行くか？」

「いいの？」

「もちろん」

「行くわっ！」

ものすごい勢いで食いついてきた。

最近、まったりとしているから、久しぶりに大きな依頼でもしたいのかな？

「それじゃあ、行こうか」

「ええ……ふふっ」

「機嫌が良さそうだな？」

「さて、どうしてでしょう？」

「えっと……散歩をしたい気分だった？」

「……」

「タニア？」

「ばーか」

タニアは拗ねたような感じで、唇を尖らせるのだった。

なぜか怒られてしまう俺だけど、これが、父さんの言っていたことなのだろう。女の子の心は、なかなかに厄介で難しい。

そんなことを再認識した日だった。

◆

「おめでとうございます」

ギルドに到着すると、笑顔のナタリーさんに迎えられた。

おめでとう、と言われても心当たりなんてない。

というか、このパターン、どこかで覚えがあるような……？

「この度、シュラウドさんの冒険者ランクがBランクにアップしました」

「え？　Bランクに？」

「はい。ここ最近のシュラウドさんは、立て続けに大きな事件を解決しましたからね。その功績が認められて、ランクアップとなりました」

ナタリーさんは自分のことのようにうれしそうに語る。

どうして、彼女がうれしそうにするのだろうか？

「でも、大したことはしていないような」

「十分にしているじゃありませんか。まずは、パゴスに現れた悪魔の討伐ですね」

「あれは……」

正直なところ、俺にとっては苦い記憶だ。

イリスを倒そうと思って倒したわけじゃない。結果的にそうなってしまったというだけで、本来は、彼女のことを助けようとしていた。

でも、そのことを知らないナタリーさんやギルドの上層部は、俺のおかげだと笑顔で称(たた)える。なんともいえない複雑な気分だ。

「ただ、アクスやセルと敵対したんだけどな」

「その件については、すでに解決済みじゃないですか。シュラウドさんは悪魔の張った罠に気がついた。説明する時間がないと判断して、あえて戦うことで他の方々の足を止めた。もしもあのまま討伐隊が遺跡に突入していたら、どうなっていたか」

「まあ……なぜか、そういうことになっているんだよな」

　本当は俺の独断専行で、ナタリーさんが言うような大きな考えがあったわけじゃない。ただ、絶妙な具合に話が嚙み合ってしまい、そう判断されることに。

「それから、先日のドラゴン襲撃事件。シュラウドさんのおかげで、深刻な被害が出ることはなく、事件を解決することができました。あ、もちろん、タニアさんのおかげでもありますよ。私達冒険者ギルド一同、感謝しています」

「ま、まあ……ただの気まぐれだし？　そんなに感謝しなくてもいいし？」

　タニアが照れていた。

　彼女はストレートな言葉にわりと弱いんだよな。ひねくれているように見えて、心がとても澄んでいる証拠なのだと思う。

「いずれの功績もすばらしいものです。よって、私達冒険者ギルドは、シュラウドさんのBランクへの昇格を決定しました。おめでとうございます」

「……」

「あれ？　うれしくないんですか？　Bランクですよ、Bランク。高位ランクの冒険者になれば請けられる依頼も増えますし、色々な好待遇を受けられるようになりますよ？　例えば、橋の通行料が無料になるとか。助成金も出ますね」

「うれしくないかと問われれば、そんなことはないんだけど……」

ちょっと複雑な気分だ。

ドラゴン襲撃事件はともかく、イリスの事件は、望む結果を手に入れていない。

それなのにお祝いをされても……

「こーら」

「いてっ」

こつん、とタニアに頭を軽く叩かれた。

「レインってば、また余計なことを考えてるわね？」

「余計なことなんかじゃ……」

「余計なことよ」

きっぱりとタニアが断じる。

「素直に喜べないっていうレインの気持ちは、わからないでもないわ。一緒にいて、レインの考えていることを聞いてきたんだもの。でもね、過去は変えられないの。起きたことを覆すことはできないの」

「それは……」

「だから、前を向きなさい。いつまでも後ろを向いていたら、いつか道を踏み外して、転んじゃうわよ。そうならないように、前を向いて歩くの。忘れろ、なんてことは言わないわ。覚えておくだけでいいの。ただ、それだけでいいのよ。わかった？」

「……ああ、そうだな」

胸の奥に抱えていたモヤモヤしたものが、わずかに消えたような気がした。

タニアの言葉が心にすぅっと入り込んでいく。

「余計な考えは消えた？」

「ああ、もう大丈夫だ。でも、情けないな。吹っ切れたつもりなのに、まだ、こんなところで迷ってしまうなんて」

「レインはそれでいいの。そうやって、彼女のことを気にする方が、とてもらしいわ。そんなレインだからこそ、あたしは……あ、いや、うん。えっと……そうそう、あたしらはレインについていくことにしたんだから」

「ありがとう、タニア。おかげで、少し落ち着いたよ」

「ふぇ⁉」

カナデにするように、ついついタニアの頭を撫でてしまう。

ビクンと震えて、ものすごい顔をされた。

しまった。つい反射的にしてしまったものの、子供扱いされたと思ってしまっただろうか？

「あっ、悪い。子供扱いするつもりじゃなくて、ただの感謝の気持ちを表現したつもりだったんだけど……怒ったか？」

「そ、そそそっ、そんなことは⁉」

「嫌か？」

「……別に」

タニアは赤くなり、そっぽを向きながら……それでも、離れようとしない。

むしろ、もっというように頭を差し出してきた。

「す、好きにすれば？」

「じゃあ、そうするよ」

赤くなるタニアを撫でる。

なんだか心が安らいで、いつまでもこうしていたい気分だった。

「あのー……話の途中なのに、目の前でイチャイチャしないでくれませんか？」

「あっ」

「イチャ⁉」

しまった、ナタリーさんのことを完全に忘れていた。

ジト目を向けられてしまい、慌てて頭を下げる。

「す、すまない。なんていうか、つい」

「ごめんね？　えっと、悪気はないのよ？」

「まったく……そういうわけで、シュラウドさんはBランクに昇格することになりました。本人が拒否するのならば、昇格を取り消すこともできますが……」

「いや、そんなことはしないよ」

「よかったです。もしも断られたら、どうしようかと思っていました」

「断る人なんているの？」

タニアの問いかけに、ナタリーさんは疲れたように言う。

「たまにいるんですよね。ランクアップすると色々な特典がつきますが、その分、責任も大きくなりますから。それを嫌い、低ランクのままでいることを望む人が一部ですがいます」

「へー、そんな人がいるのね。あたしにはよくわからないわ。上があるのなら、とことん極めてみたいって思うもの」

「冒険者の方が全員、タニアさんのような考えならうれしいんですけどね」

とはいえ、そんな一部の人を責めることもできないだろう。自信がないというのなら、無理にさせるべきではないと思う。

俺は、幸いにも頼りになる仲間がいるため、問題なく受けるが。

ナタリーさんは、ふと思い出した様子で言葉を続ける。

「そうだ。シュラウドさん、せっかくなので、このままAランクの昇格試験を受けてみるつもりはありませんか？」

「昇格試験？」

今しがたBランクになったばかりなのに、Aランクの話をするなんて……どういうことなのだろう？

冒険者になってかなりの時が経つものの、そのシステムについて積極的に調べていないため、未だだにわからないことが多いんだよな。

　こちらの疑問に答えるように、ナタリーさんが説明する。

「Bランクまでは、冒険者ギルドの判断で昇格できるんです。でも、Aランクに昇格するには、一定の功績と特別な試験を受けないといけないんですよ。シュラウドさんの場合は、功績については申し分ないので、試験を受けて合格すればAランクになることができますよ」

「なるほど、そういう仕組みになっていたのか」

「Aランクに昇格すれば、さらに色々な恩恵を受けることができますよ」

「例えば、どんな？」

「そうですね……色々とあって、一言では説明できませんが、ざっくりとまとめると貴族並の権力を持つことができます」

「そんなことが……？」

「ただ力が強いだけでは、どうしても達成することができない依頼というものがありますからね。そんな事例に対処するため、Aランクの冒険者には、貴族に等しい権力が与えられます。まあ、あくまでも冒険者なので、街を統治したり市政に関わることはできませんが……ですが、Aランクの冒険者が本物の貴族になり、為政者になったという話はありますよ」

　とんでもない話だけど、わからないでもなかった。

　力だけではなくて、権力もなければ動くことができない事件というものは、たまに見かける。以前、この街を治めていた領主とその息子エドガーの事件も、それに類するものだろう。

「でも、そんな簡単に権力を与えられるものなの？　ぽんぽんと権力を与えていたら、とんでもないことになるんじゃない？」

「Aランク冒険者の認定には、国王さまも関わっていますからね。なので、まったく問題ありませんよ」

「へー。人間のトップが定めたことなのね。人間のくせに、わりとマシなことを考えるじゃない」

タニアが感心したように頷いていた。

そういえば、アクスとセルはAランクだったな。王の認定を受けるほどの実力と功績を示していたなんて、改めて、すごい二人だなと思う。

できることなら、また笑顔で話をしたいが、叶うだろうか？

「その試験っていうのは、いつ行われるんだ？」

「タイミングのいいことに、もうすぐですよ。場所はここではなくて、王都ですけどね」

「ホライズンでは行われないのか？　わざわざ王都に……ああ、そういうことか。王の認定が必要だから、王都でしか行われないのか」

「はい、その通りです。さすが、シュラウドさん。ご明察ですね」

「今から王都へ行っても間に合うものなのかしら？」

「はい、問題ありませんよ。でなければ告知なんてしませんよ。シュラウドさんがAランク昇格の試験を受けるというのなら、すぐにその旨を王都の冒険者ギルド本部へ連絡しますが……あと、紹介状の作成もしますよ。どうしますか？」

「それは……」

ナタリーさんの問いかけに、すぐに答えることができない。

色々なメリットがあるように思えるが、もちろん、メリットばかりじゃない。責任は大きくなるし、迂闊（うかつ）な行動はできなくなるだろう。イリスの事件と同じような行動をとれば、今度こそ、罰を受けることになると思う。

俺一人なら問題はないのだけど、みんなにも余波が及ぶかもしれないと思うと、悩ましい。

どうするべきか？

俺は真剣に考えてみた。

◆

家に帰った俺は、自室で今後のことを考えてみた。

試験を受けるべきか？　今回は見送るべきか？

Aランクになったことで、得られる恩恵。逆に、マイナスに陥るであろう状況。それらの可能性を考えて、色々なパターンを想定して、悩む。

でも、なかなか答えを出すことができない。

「一人で考えても、なかなか難しいな……みんなに相談してみようか？」

そんなことを考えた時、

「レイン、ちょっといいかしら？」

　コンコンと扉がノックされて、タニアの声が聞こえてきた。

　どうぞ、と返すと扉が開く。

「邪魔するわね」

「どうしたんだ？」

「んー……レインが困ってるかな、って」

「え？」

「昇格試験のこと、悩んでるんでしょ？」

「それは……」

「で、事情を知るあたしとしては、なんていうか……放っておけないかなー、なんて」

　タニアが顔を赤くしつつ、ちょっと視線を逸らして言う。

　照れているのかな？

「相談に乗ってくれるのなら、ありがたいかな」

「そうそう、このあたしに相談しなさい。バーンと、レインの悩みを解決してあげるわ」

「じゃあ、頼むよ」

　一人であれこれと考えていたものの、限界に来ていたところだ。タニアが相談に乗ってくれるなら、答えに辿り着くことができるかもしれない。

「レインは、昇格試験を受けるつもりはないの？　まったく魅力を感じない？」

「いや、そんなことはないよ。受けてみたいとは思う」

「それは、どうして？」

「ナタリーさんが言っていたけど、それなりの立場になるというか、発言権が増すわけだろう？　もしもまた、イリスのような事件が起きた時……もしかしたら、今回と違う結果に導くことができたかもしれない」

「なるほどね、それはあるかもしれないわ」

「そのことを考えると、昇格しておくべきなんだろうけど……」

「もしかして、あたしらのことを気にしてる？」

「え？」

「昇格したら、同時に責任も増す。そうなると、レインのパーティーメンバーのあたしらの仕事なんかも、色々と大変なことになる。そのことを気にしてる？」

まさにその通りなので、驚いてしまう。

タニアは、心を読むことができるのだろうか？

なんていう疑問も察したらしく、タニアが苦笑する。

「言っておくけど、あたしは心なんて読めないわよ。ただ単に、レインがわかりやすいだけ」

「そんなにわかりやすいか？」

「ものすごく」

「うーん……喜んでいいものかどうか」

「ずっと一緒にいるんだから、そりゃ、なんとなくはわかるわよ。それにまあ……最近は、ずっと見ているし」

「え、なんでだ？」

「な、なんでもないし！　特に意味はないわ！」

「そうか？」

「そ、そうよ！　いい、今の台詞は気にしないこと！　忘れなさい！」

「りょ、了解」

ものすごい勢いで命令されて、ついつい反射的に頷いてしまう。

今、とても大事なことを言ったような気がするのだけど……でも、タニアを困らせたくないので、言われた通り忘れることにしよう。

よし、忘れた。

「えっと……話を戻すけど、あたしらのことを気にしてるのよね？　レイン一人なら、責任が増えるとか、そういうことは気にしなさそうだし」

「まあ、それはあるかも」

「あたしが言えることは一つ、気にしないで」

タニアはそう言ってくれるのだけど、気にしないということは難しい。

俺が判断を誤れば、みんなを巻き込むことになる。

そのことを考えると、なかなか決断することができない。

「失敗するのが怖い？」

「そうだな……すごく怖いよ」

イリスの事件で、一度、失敗してしまった。

それが尾を引いていて、心に絡みついてしまっている。

臆病になる俺に対して、タニアは気楽に言う。

「いいじゃない、失敗しても」

「そんな簡単に言われてもな……」

「人間も最強種も、どれだけ気をつけていても、いつかは絶対に失敗するものよ。そして、それをバネにして成長していくものでしょう？」

「それは……」

「レインはがんばりすぎ。それと、気負いすぎ。もうちょっと、気楽になってもいいと思うわ」

「そう……なのかな？」

「そうよ。失敗しても、成長するチャンスができた！　って思うくらいでいいの。あたしらが……とか考えたらダメ。もっと気楽に、前向きに。レインって、変なところで後ろ向きというか、心配性なんだもの。ちょっとじれったいわ」

「そう言われると、反論できないかもな」

タニアの指摘はもっともなもので……気がつけば、俺は苦笑していた。

あれほど悩んでいたのだけど、今は迷いはない。

タニアの言う通りだ。

失敗することを必要以上に恐れていても仕方ない。

それに、失敗したらしたで、良い機会だと思うことにしよう。

もちろん、失敗しない方がいいのだけど……それくらいの気構えでいることが大事、っていうことだよな。そのことを教えてもらった。

「ありがとな、タニア。おかげで、決断できそうだ」

「そう、って……まだしてないの？」

「条件とか、細部を確認していないからな。そこら辺をきっちりと確認して、問題がなければ、っていう感じかな」

「しっかりしてるのね。もしもルナだったら、細部なんてどうでもいいのだ！　なんて言って、絶対に確認しないわよ」

「ははっ、そのモノマネ、けっこう似てるな」

「……今になって恥ずかしくなってきたかも。今のも忘れて」

「こっちは忘れられないかな」

「もうっ、意地悪なんだから」

タニアが拗ねるように頬を膨らませる。

気のせいだろうか？　最近、どことなくかわいい仕草をとるようになってきたというか、今まで以上に、柔らかく接するようになっているような気がした。

その理由を考えてみるものの、思い当たることはない。

まあ……今は、それよりも昇格試験のことを考えないと。

「ありがとう、タニア。おかげで、大体、心が定まったよ」

「どういたしまして。他にも困っていることがあれば、なんでも相談してもいいのよ？」

「困っていること……特にないかな。あ、いや。困っているというか、気になることなら一つ」

「なに？」

「少し前からカナデの様子がおかしい気がするんだけど、タニアは、なにか知らないか？」

「あー……」

困っていることの相談なのに、タニアが困った顔に。

「……それについては、ノーコメント」

「ということは、なにかしら気づいている？」

「あたしが言えるギリギリのところとしては、レインは、もうちょっと周りを見て鋭くなりなさい、っていうことかしら」

「えっと……？」

いまいち、タニアの言いたいことがよくわからない。

首を傾げる俺を見たタニアは、「カナデもあたしも、先は長そうね……」と、やれやれとため息をこぼすのだった。

◆

「……というわけで、昇格試験を受けようと思うんだけど、みんなはどう思う？」

タニアの助言もあり、俺は昇格試験を受ける決意を固めた。

ただ、一人で勝手に決めるわけにはいかない。夕飯の後、みんなに集まってもらい、昇格試験についての話をして、意見を求める。

俺は受けるつもりだけど、一人でも反対が出たら、止めるつもりだ。

理想論と言われるかもしれないけど……みんなが納得する結果が出るまで、何度でも話し合い、それでもダメなら止める。

そうすることが仲間だと思う。

「ふむ、Ａランクか。ついに、我の活躍がワールドワイドになるのだな！」

「なぜそのような思考になるんですか？　一度、ルナの頭の中を見てみたいですね。もしかしたら、脳の代わりにお菓子が詰まっているのかもしれません」

「ふふんっ、そう褒めるな。照れるぞ」

「妹の将来が本気で心配になってきました……」

ソラとルナはいつも通りだ。

「Ａランク、って……どれくらい、すごいのかな？」

「んー、例えるなら王様になるくらいやな」

「おー……レイン、王様。冠、かぶるの？」

「王様のポイント、そこなんや」

やはりというべきか、ニーナとティナもいつも通りだ。

「にゃー……質問！　どうして、Aランクを目指すの？」

カナデは、なんだかんだでしっかりものなので、理由を尋ねてきた。

「色々な恩恵を得られる、今後やりやすくなるというところかな？　あと、それだけじゃなくて一番の理由は、発言力が増す、っていうところかな」

「にゃん？　発言力？」

「ナタリーさんは、Aランク冒険者には貴族並の権力が与えられる、って言っていたんだ」

俺の言葉に、ルナとソラが反応する。

ルナはおかしなことを考えているらしく、目をキラキラと輝かせていた。

「む？　ということは、我がえらくなるのか？　ふふんっ、全ての人々に我の威光を見せつけてやるぞ」

「威光ではなくて、恥を見せつけることになりそうですね」

「なんだとこの⁉　やるのか、なのだ！」

「知っていますか？　争いは同じレベルでしか発生しないのですよ？　ソラとルナでは色々とレベルが違います」

「むきゃーーーーっ、なのだ！」

「二人、とも……静かにしないと、ダメ……だよ？」

「「すみませんでした」」

ニーナに怒られて、ソラとルナはしゅんっとなる。

最年少のニーナに怒られたら、とてもダメな気持ちになるだろうな。俺だって、反論できず、ただただ反省するしかないと思う。

「あー……話を元に戻すけど、それなりの権力が与えられるみたいだから、発言力も増すっていう話なんだ。今までみたいに個人で活動するなら問題はないけど、イリスの時のように、他の冒険者と共同で活動する時は、今の俺の立場だと上の命令に従うことになる。俺は……どうも、自分の思ったように行動できないと不満を抱えるみたいだから」

「レイン……まだ、引きずっているの？」

「いや、大丈夫」

心配そうな顔をするカナデに、笑みを見せた。

「タニアに説教されたからな。ちゃんと、前を向いているよ」

「そうそう、そうやって前を向いてもらわないとダメよ」

「にゃー……気になる話」

カナデがジト目でタニアを見る。

それに気が付かないフリをして、タニアは視線を逸らす。

「発言力が増せば上の命令に異を唱えることもできるし、独自行動もある程度は許されると思う」

「別に、そんなこと気にしなくていいんじゃないかな？」

「そういうわけにもいかないさ。イリスの時は、色々な要素が組み合わさって、結果オーライって形になったけど……本来なら、命令に背いたことで罰を受けてもおかしくなかった。最悪、冒険者資格の剝奪もありえたと思う」

「にゃるほど」

「だから、いざっていう時に自由に動けるように……そのために、Aランクを目指したい、って思ったんだ」

そこで一度言葉を切り、みんなの顔を見る。

みんなは真剣な顔で、じっと俺の話に耳を傾けていた。

「みんなはどう思う？」

「私はいいと思うよ。賛成！」

「あたしも賛成よ。つまらない命令に従う必要がなくなるっていうなら、いうことなしね」

まず最初に、カナデとタニアが賛成してくれた。

「我も問題ないと思うぞ。ふふんっ、我は威張りたいのだ！」

「ルナが偉くなるわけではありませんけどね。あ、ソラも賛成ですよ」

続けて、ルナとソラも賛成してくれた。

残りの二人は、

「ん……いいと、思うな」

「ええんやない？　他にも色々なメリットがあるんやろ？　昇格できるなら、しといて損はないと思うで」

そうすることが当たり前のように賛成してくれた。

「というか、なんで、わざわざウチらに聞いたん？　レインの旦那がリーダーなんやから、一人で決めてもええのに」

「そうそう。誰も文句なんて言わないよ？」

ティナとカナデはそう言うけれど、さすがに、それは自分勝手というものだろう。

みんながいたから、俺はここまで来ることができたわけで、一人なら、途中で野垂れ死んでいたと思う。それなのに、みんなの意見をないがしろにはできない。

……ということを話すと、みんなは、なぜか孫を見るような温かい目をした。

「な、なんだ？　どうした？　俺、なにか変なことを言ったか？」

「んーん。レインはレインだなあ、って思っていたの。ね？」

「そうね」

カナデがよくわからないことを言って、それにみんなが頷いていた。

みんなの中で、俺はこういうものだ、という共通の認識があるみたいだけど……いったい、どんな風に思われているのだろうか？

ちょっとだけ気になった。

◆

昇格試験を受けると決めた俺は、翌日、さっそくギルドを訪ねた。ナタリーさんにその旨を告げて、手続き、及び紹介状を作成してもらう。

その三日後。

準備が終わり街の出口へ向かうと、そこにはたくさんの馬車が並んでいた。

その中で、王都行きの馬車は三つ。並、上、特上というような感じで、それぞれランク分けがされていた。

せっかくだから、ランクの高い馬車の方がいいな。ランクの低い馬車だと揺れがひどいかもしれないし、それじゃあ、体が休まらない。

王都までそこそこの日数がかかるため、ここは金を惜しまないでおこう。

そんなわけで、上の馬車のチケットを購入した。それなりに金はあるから特上でも構わないのだけど、内装が豪華な分、乗れる人数が限られていて、上でないとダメだったのだ。

「おーっ、馬車だ～♪」

カナデは子供のように目を輝かせて、尻尾をひょこひょこと動かしていた。

馬車が珍しいらしく、くるくると周囲を回り、興味深そうに眺めている。それから、御者に許可をもらい、楽しそうに馬を撫でる。

猫と馬。通じるものがあるのか、馬は気持ちよさそうに鳴いて、素直に撫でられていた。

「今回は馬車を使うのですか？　お金がかかりますよ？」

「我は歩きでも構わぬぞ？」

「王都は遠いからな。徒歩だと二週間はかかるって聞いたぞ」

「やっぱり、馬車がいいのだ！　馬車サイコー！」

徒歩二週間と聞いて、ルナは馬車に抱きついた。

それだけの間、歩くなんて、やっぱりイヤみたいだ。ソラもイヤみたいで、「お金をいくら払ってでも馬車を利用すべきです」、なんて言い出す。

二人は運動が苦手だから仕方ない。

「というか、この前みたいにタニアに変身してもらって、運んでもらえばいいのではないか？」

「あたしは馬車じゃないんだけど……」

「そんなことをしたら、大騒ぎになりますよ。ドラゴンが現れた、とかで魔法で撃墜されるのがオチですよ。そんなことも想像できないなんて、ルナの頭は空っぽなのですか」

「そうなのだ！」

「偉そうに認めた⁉」

「そろそろ出発だぞ」

乗客は俺達で埋まったので、実質、貸し切りだ。他の客を待つ必要がないため、すぐに出発できる。

まずはニーナの腰を掴(つか)んで、持ち上げて馬車に乗せてやる。ニーナは体が小さいから、自力で乗り降りができないのだ。

「あり、がと……レイン」

「ありがとやでー」

いつの間にか、人形バージョンのティナがニーナの頭の上にいた。ニーナを持ち上げる際、こっそりと乗っていたらしい。

ティナは魔力で飛べるのだけど、そこはそれ。横着しているのだろう。

家事などはとても真面目に勤勉にしているのだけど、その他のことになると、たまに適当になるんだよな。まあ、そんなところもティナらしいと言える。

続けて、カナデとタニアが乗り込み、

「なんだと⁉　やるのか、なのだ！」

「受けて立ちましょう！」

「ほら、出発だって言っただろう？　早く乗るように……というか、勝手に乗せるからな」

「「あわわわっ」」

いつの間にかケンカを始めていたソラとルナを馬車に放り込む。

最後に俺が乗り、乗車完了だ。

「おーっ、この馬車、座り心地がいいね」

「ホント。馬車ってお尻が痛いイメージしかなかったけど、そんなことないのね」

荷物を輸送するための馬車ではなくて、人を運ぶためのものなので、座りやすいようにクッションが設置されていた。その他、色々な配慮がされており、乗り心地はとても快適そうだ。

これで上ランクなのだから、特上ランクはさらに快適なのだろう。機会があれば、みんなで旅行などをして、その時に乗ってみたいな。

「ねえねえ、レイン。王都までどれくらいかかるの？」

「そうだな……順調に進んで、五日くらいかかな」

「けっこうかかるんだね」

「基本は馬車旅だから、疲れることはないと思う。まあ、退屈かもしれないが」

「私、馬車旅は初めてだから楽しみ！」

「あたしも楽しみね。けっこう、わくわくしているわ」

「わたし……も。馬さん、なでなで……したいな」

「ニーナはかわええなー、ウチがなでなでしたるわ」

「ルナ、そこの窓から前が見えますよ」

「おー、すごいのだ。横だけではなくて、前も見えるのだな。我が運転している気分になれるぞ」

みんな、とても楽しそうだ。

みんなで旅行に行ければ、なんてことを考えたけれど……これは、いつか本気で実現させたいな。きっと、とても楽しい旅行になるだろう。

「さあ、いくのだ、ブラックサンダーよ！　我らを王都まで運ぶがいい！」

「あの、ウチの子に変な名前をつけないでほしいのですが……」

「すみません、すみません」

困り顔の御者に慌てて頭を下げた。

「ルナ、落ち着きなさい。御者を困らせてはいけませんよ」

「む？　なぜそういう結論になるのだ？　我はなにもしていないぞ」

「無自覚ですか」

「ルナって、時々おかしいよね」

ついには、カナデにまでキツイことを言われてしまうルナだった。

まあ、ルナからしてみれば、初めての馬車だからな。物珍しさもあって、テンションが上がっているのだろう。

これ以上、おかしなことはさせないので、目をつむってほしい。

「それじゃあ、出発してくれないか？　事前に話した通り、ルートは任せるよ」

「はい、わかりました」

御者が手綱を引いて、馬がゆっくりと歩き出した。

「おおっ、動いたのだ！」

「ルナ、そんなにはしゃがないでください、恥ずかしいですよ。あっ、意外と早いですね！」

「ソラもはしゃいでいるのだ……」

「仲良し、さん」

少々騒がしいものの……こうして、俺達は王都に向けて出発したのだった。

8章　サーリャ

街を出て、数時間ほど経ったろうか？

かなりの距離を移動したらしく、外の景色は知らないものに。見たことのない景色が、ゆっくりと後方に流れていく。

今は、なんてことのない平原を進んでいるのだけど、それでも、知らない場所となるとテンションが上がる。

カタカタカタと車輪の回る音。

時折、馬が鳴いて、御者が手綱を引く。

そして、ガタンという音と共に、馬車が揺れる。小石かなにかを踏んだのだろう。

それに敏感に反応したのは、ソラとルナの双子だ。

「あー……うー……」

「やばいです……マジやばいです……」

馬車に酔ったらしく、ソラとルナが青い顔をしてぐったりしていた。

慣れていない人は、この微細な振動が続く状況はキツイらしい。

この馬車は、クッションを敷くなどして振動対策がされているが、それでも揺れを完全に消すことはできない。

それに、二人は運動が苦手で、揺れなどに弱そうだから、なおさらキツイのだろう。

「大丈夫か？　水でも飲むか？」

「いいのだ……今、水なんて飲んだら……リバースしてしまうのだ」

「ホントやばいです……激やばです」

ルナはいつもの元気がなくて、ソラは気持ち悪さのあまり、ちょっと言語が崩壊していた。

他のみんなは……

「にゃー……こうして窓を開けていると、風が気持ちいいね」

「馬車で旅をするっていうのも、なかなか乙なものね」

「なんだか……眠く、なるね……あふぅ」

「ふんふーん♪　ゆっくり旅をするのもええなー」

それぞれ馬車を楽しんでいた。

乗り物酔いは、ソラとルナだけらしい。

王都までは馬車で五日ほど。昇格試験が開始されるまでまだ時間はあるから、ある程度遅れたとしても問題はないか。

前に繋がる小窓を開いて、御者に声をかける。

「すまない。どこか適当な場所で、一度、休憩を挟んでくれないか？」

「うぅ……レイン、我らのことは気にしなくていいのだ」

「そうですよ……これくらい、なんとも……うぷっ」

「青い顔をして言われても……まだ余裕はあるから、急ぐ必要はないさ。一旦休憩して、なにかしら対策を考えよう。というわけで、頼む」

「はい、了解です。たぶん、そろそろ休憩所に到着するはずですよ」


三十分ほど進んだところで、休憩所が見えてきた。

休憩所というのは、その名前の通り、旅人が休むために作られた簡易休憩施設だ。馬車を停めることができて、さらに、野営をするだけのスペースも用意されている。

街と街の間はとても長く、移動するとなると一日では無理なので、ところどころにこうした休憩所が設置されているのだ。

「どれくらい休みますか？」

空を見ると、太陽が真上に見えた。昼過ぎというところか。

このままここで一泊……というのは、さすがに現実的じゃない。

一時間ほど休んでから出発したいところだけど……なにかしら対策をしていないと、すぐにソラとルナが酔ってしまうだろう。

いい方法はないだろうか？

頭を悩ませつつ、御者に尋ねる。

「馬車酔いの対策ってないかな？」

「そうですね……クッションの数を増やすか、あるいは、専用のポーションを飲むとか。ただ、今はどちらもなくて、すみません」

「いえ、謝ることはないですよ」

有効な対策はなかなか見つからない。

とりあえず、考えるのは後にして、今はソラとルナを休ませよう。

「ひとまず、一時間の休憩で」

「はい」

御者にそう返して、ソラとルナを馬車から下ろす。というのも、馬車酔いに完全に負けてしまっており、ぐったりと弱り、自力で動けない状況に陥っていたのだ。

ここまでくると、さすがに心配になる。

振動を与えないように気をつけつつ、二人をそっと休憩所のベッドに運び、寝かせる。病人のために、簡易的なものではあるがベッドも設置されているのだ。

「大丈夫か？」

「ダメです……ソラはもう、ばたんきゅ～です……」

「レインよ、我の屍を乗り越えていくのだ……ここは、我が食い止めるのだ……」

「二人共、なにと戦っているんだよ」

こんな時でも笑いを取ろうとする二人に、ついつい苦笑してしまう。

とりあえず、しゃべる元気はあるみたいだ。馬車から降りたことで、多少、回復したらしい。

もっとも、すぐに動くことはできそうにないし、再び馬車に乗れば、すぐにまたダウンしてしまうだろう。

さて、どうしたものか？

こういう時、治癒術士がいないのは痛いな。

治癒術士がいれば、魔法や薬でなんとかなったのかもしれない。しかし、治癒魔法を使えるソラとルナはダウン中。その他のメンバーは、俺を含めて、その方向の知識がない。

できることなら、この一時間で対策を……

「レインっ！」

慌てた様子でカナデが駆けてきた。

馬車酔いの対策をしないといけないのに、イヤな予感がする。

「なんか、あっちの方で悲鳴が聞こえたよ！」

「え？」

イヤな予感、的中。

カナデが指差す方向を見てみると、特になにもない。

でも、猫霊族のカナデが言うのだから間違いないのだろう。人より遥かに優れた視覚と聴覚を持っているし……なによりも、仲間の言うことなのだから疑うことはない。

「まったく、次から次へと問題が起きるな」

「どうする？」

「放ってはおけない。様子を見に行くぞ！」

「アイアイサー！」

びしっ、と敬礼をするカナデ。

だから、どこでそんなことを覚えてきたんだ？

「カナデとティナは俺と一緒に。タニアとニーナは、ソラとルナと馬車を頼む！」

指示を飛ばして、俺はすぐに駆け出した。

◆

十分ほど走ったところで、魔物に囲まれている馬車が見えた。

俺達が乗ってきた馬車とは違い、車体には丁寧な細工が施されていて、大きさも質も違う。馬も丁寧な刺繍(ししゅう)が施されたケープがかけられていた。

一目で高級な馬車とわかるものなのだけど、貴族が乗っているのだろうか？

そして、その周囲を囲む魔物……オーガの群れ。

オーガはCランクの魔物で、戦闘力は高く、その腕力は木をへし折る。

一番の特徴は、高い再生能力を有していることだ。体を両断するなどの圧倒的なダメージを与えるか、あるいは急所を突かない限り、すぐに傷が再生して倒すことができない。

馬車の周囲に三人の騎士が見えた。剣と盾を手にして、オーガの群れから必死になって馬車を守っている。

しかし、オーガは六体。個の力を比べるのなら、騎士の方が上。しかし、数の差に押されてしまい、苦戦しているみたいだ。

今のところ脱落者は出ていないものの、オーガの数を減らすこともできず、戦況は膠着状態に陥っている。

いや。

オーガの包囲網が少しずつ狭まっていることを考えると、劣勢なのだろう。

「……うん？」

ふと、違和感を覚えた。

騎士達は懸命に戦っているようで、しかし、どこか余力を残しているように見える。簡単に言うのならば、手加減をしているのではないか？

その動きは、時々、ひどく緩慢なものになる。

まるで、オーガを馬車に誘導しているみたいだ。

気のせいだろうか？

「どちらにしても……」

考えるのは後だ。

今は、助けに入らないと。

「うにゃんっ、一番乗り！」

最初にカナデが突撃した。

騎士に襲いかかろうとしていたオーガの顔を、横から蹴り飛ばす。巨大な鉄球でもぶつけられたかのように、オーガが勢いよく吹き飛んだ。

さすが、猫霊族。その力の前に、オーガの巨体も抗(あらが)う術を持たないらしい。

「続けていくでー！」

カナデの頭に乗っていたティナも攻撃を繰り出した。そこらに転がっている石を魔力で操り、矢のごとく射出する。

たかが石と侮ることなかれ。超高速で射出された石は全てを穿(うが)つ刃となり、オーガの胸を急所ごと貫いた。

巨体が倒れて、その体が魔石に変わる。

「そして、三番手！」

最後に俺が駆ける。

ナルカミのワイヤーをオーガの足に絡ませて、引きずり倒す。そうして動きを封じたところで、胸にカムイを突き立てて、さらに横にえぐる。

オーガは悲鳴をあげて、そのまま絶命した。

Aランクの昇格試験を受けようとしているのだから、Cランクのオーガなんかに手こずるわけにはいかない。

「なっ……お、お前達はいったい⁉」

「話は後だ！　加勢するから、そっちは馬車を頼む」

「くっ……わかった、感謝する」

騎士達は驚くものの、すぐに気持ちを切り替えて陣形を立て直す。馬車に寄り添うようにして、武器と盾を構えた。

迅速な判断と迷いのない動き……これは、かなり訓練されているな。そこらの騎士ではなくて、王都などに所属する精鋭なのかもしれない。

「レインっ、そっちにいったよ！」

「わかった！」

馬車に誰が乗っているのか？

それは後で考えることにして、今は、オーガ達を掃討しよう。

俺はカムイを構えて、咆哮(ほうこう)を上げて襲い来るオーガを迎撃した。

◆

戦闘を始めて五分ほどで片がついた。オーガは厄介な魔物ではあるが、最強種のカナデに敵(かな)うはずがない。

俺とティナも、それなりにやれる自信はあるから、負ける可能性はゼロパーセントだ。

カムイを鞘(さや)に収納して、カナデとティナが怪我(けが)をしていないことを確認した後、騎士に話しかける。

「大丈夫か？」

「ああ……問題ない」

騎士も剣を収めて、兜を脱いで顔を見せて、その状態で頭を下げてきた。

やけに礼儀正しい。主に教育されているのか、あるいは、そのようにしないと主に恥をかかせてしまうから、徹底しているのか。

後者だとしたら、騎士達の主……馬車に乗っているであろう人は、それなりの身分ということになる。

「キミ達のおかげで助かった、感謝する」

「困ったときはお互いさまだ、気にしないでくれ」

「ありがとう」

再び騎士が頭を下げた。

ただ、どことなく違和感というか……謝辞は本意ではないような気がした。どちらかというと、邪魔なことをして、というような棘を感じる。

確たる証拠はないし、ほぼほぼ勘のようなものだ。自分達だけで守ることができた、という騎士のプライドが問題になっているのかもしれないので、不用意に掘り下げないでおこう。

「怪我人は他にいないか？　馬車の中の人は無事か？」

「それは問題ないが……」

騎士が難しい顔に。

「助けてもらっておいて失礼な話なのだが、我らの主は顔を見せることができない。身勝手なことと理解しているが、どうか……」

「アレク。そのような失礼を許した覚えはありませんよ」

扉が開いて、凛とした声が響き……そして、馬車から一人の女の子が降りてきた。

歳は俺と同じくらいだろうか？　少女と大人の中間という感じで、どこか、あどけなさを残している。

金色の髪は長く、腰まで伸びている。手入れがとても大変そうに見えるのだけど、乱れなどは一切なく、ケアは完璧だ。宝石があしらわれた髪留めをつけている。

瞳はエメラルドグリーン。吸い込まれてしまいそうなほどに深く、綺麗な目だ。

身にまとうドレスは白を基本としていて、清廉なイメージを受ける。それでいて、どこか神秘的な雰囲気を感じる作りとなっていて、きらびやかな細工が施されていた。職人の魂が込められた一品であることは、一目見てわかる。

「ひ、姫さま⁉　どうして、わざわざ馬車の外に……」

彼女を見て、騎士が途端に慌てる。

というか……今、なんて？

「アレク」

「は、はいっ」

アレクと呼ばれた騎士は、馬車から降りてきた女の子に静かに声をかけられて、すぐに膝をついて頭を下げた。

「この方達がいなければ、私達は命を落としていたかもしれません。命の恩人です。それなのに、礼を告げることなく立ち去るようなことはできません。そのようなことをすれば、ロールリーズの名に傷がついてしまいます」

「はっ……申し訳ありません」

「いえ、わかっていただければいいのです」

女の子が口にした、ロールリーズという名は聞き覚えがある。

というか、聞き覚えがあって当然の名前だ。この国に暮らす者は、その名前の下に統治されて、日々、生活をしているのだから。

「はじめまして」

女の子はこちらに歩み、小さく笑う。

そして、スカートの端を両手でつまみ、優雅にお辞儀をする。

「私は、サーリャ・ヴァン・ロールリーズと申します。危ないところを助けていただき、誠にありがとうございます。あなたさまに助けていただいたこと、深く感謝しています」

「その名前、もしかして、もしかしなくても……姫さま⁉」

「はい。父アルガスは国の王であり、私は第三王女という立場にあります」

「し、失礼しましたっ！」

騎士達と同じように、慌てて膝をついて頭を下げた。

貴族ではないかと思っていたが、まさか、姫さまだったなんて。予想以上の立場の人が現れて、軽くパニックに陥ってしまう。

俺、失礼していないよな？　不敬を働いていないよな？

「にゃん？　レイン、どうしたの？」

カナデは不思議そうに、のんびりと小首を傾げた。

彼女は猫霊族だから、人間の王の娘……王女さまのことを知らないのだろう。そもそも最強種は国に所属していないので、王女に頭を下げる理由もない。

「あわわわっ⁉」

当たり前だけど、幽霊だけど人であるティナは王女さまのことを知っているらしく、ガクガクと震えていた。ひどく慌てた様子で、カナデの頭をぺしぺしと叩く。

「か、カナデ！　レインの旦那のように早く頭を下げるんや！」

「え？　なんで？」

「この方は、とてもえらい人なんや！　王女さまなんや！　王族なんや！」

「そうなの？」

「そうなんや！　だから、間違ってもタメ口とか利いたらあかんで⁉　というか、ウチらが話をしていい方じゃ……」

「王女さま、っていうことは長の娘、みたいなものかな？　私は長の娘じゃないけど、でもでも、一番強いお母さんの娘だから似たようなものかな？　私はカナデ、よろしくね」

「あわわわっ⁉」

ティナの注意はどこへやら、カナデはにっこりと笑い、やたらとフランクな挨拶をした。

それを見たティナは、顔を青くして、泡を吹いて気絶しそうになる。たぶん、俺も似たような感じで、顔を青くしていると思う。

みんな、ごめん……俺、不敬罪で処刑になるかもしれない。

半分以上、覚悟を決めていると、

「ふふっ」

ふと、王女さまが笑う。

鈴を転がすような優しい笑い声で、なぜか、とても楽しそうだ。

不快に思って……いない？

こちらがヒヤヒヤしているのを知ってか知らずか、王女さまはカナデを見る。

「あなたは猫霊族なのですね？」

「うん、そうだよ」

「なるほど……あ、じっと見てしまい、失礼しました。猫霊族のことは知っていたのですが、今まで見たことがなくて、つい」

「別にいいよ。そういう反応は慣れているからねー。あと……うん。あなたは良い人間みたいだから、名前で呼んでほしいな」

「わかりました、カナデさん。では、私のこともサーリャと」

「うん。よろしくね、サーリャ」

なぜか、カナデが王女さまと仲良くなっていた。

カナデのコミュニケーション能力が半端ない。

「き、貴様っ……姫さまに対してそのような無礼、万死に値するぞ！」

アレクが激高するが、

「アレク、下がりなさい」

「し、しかし……！」

「カナデさん達は命の恩人なのですよ？　礼を言うのではなくて、剣を向けるなど愚の極みです。それに……」

くすりと笑い、王女さまは楽しそうに言う。

「このように気さくに話しかけられるなんて、いつ以来のことでしょうか？　とても新鮮な気持ちで、楽しく思いました。私は気にしていないので、この場は下がりなさい」

「ですが、そのようなことでは姫さまの威厳が……」

「この場にいるのは私達だけです。アレク達が黙っていてくれるのならば、何も問題はありません。それとも、父に、私は国の威厳を落とすような真似をした、と報告しますか？」

「い、いえっ、そのようなことは決して」

「ならば、この場は私に任せてくださいませんか？」

「……かしこまりました」

どうやら、うまい具合に話が収まったらしい。

アレクは不満そうにしていたものの、それ以上、話をかき乱すことはなく、素直に退いてくれた。

「じゅ、寿命が縮んだわぁ……」

カナデの頭の上で、ティナがへなへなと崩れ落ちた。

その気持ち、よくわかる……未だに、俺も心臓がバクバクといっているからな。

「では、あなた達も普通にしてくれませんか？　それと、自己紹介をしてもらえると助かります。カナデさんと同じように、あまりかしこまらずに」

「いえ、しかし……」

「アレクにも言いましたが、公の場では問題がありますが、ここには私達しかいません。立場を気にして、糾弾するような貴族もいません。どうか、お気になさらず。できることならば、命の恩人であるあなた達に対しては、対等でありたいのです」

「それは……」

「それとも、王女命令を出した方がよろしいですか？」

「ははっ、わかりました」

王女さまとは思えないくらい、とても気さくな性格をした人だ。

そのことがおもしろくて、ついつい笑みを浮かべてしまう。

「っ……！」

アレクに睨まれるものの、この際、気にしないことにした。

王女さまが問題ないというのなら、確かに問題はないのだろう。

それに……この気さくで楽しい王女さまと話をしてみたい。

俺は立ち上がり、膝についた砂埃を払う。それから頭を下げた。

気にしないでくださいと言われたものの、さすがに、挨拶の時は頭を下げないと。

「はじめまして。俺の名前は、レイン・シュラウド。冒険者です」

「レインさん、と呼んでも？」

「はい、お好きにどうぞ」

「では、レインさんと呼びますね。レインさんも、私のことはサーリャと」

「いや、さすがにそれは……」

「強制はできませんが、できることなら名前で呼んでほしいです。その方が距離を近く感じることができますし、親しくなれた、という感じがするではありませんか。それとも、私の名前を呼ぶことはできず、仲間はずれにするつもりですか？」

「そうきますか」

まいった。思っていた以上に、王女さまはヤンチャみたいだ。

でも、そんな反応を楽しいと思う。

俺は笑みを浮かべつつ、彼女の名前を口にする。

「なら……サーリャさま」

「さまは必須なのですか？」

「いくら問題がないと言われても、さすがに呼び捨てはちょっと……」

「仕方ありませんね。この辺りが妥協点だと思いますから、それでよしとします。ただ、丁寧語なのが気になるところですが……」

「それも、できれば勘弁してください……」

カナデみたいに、一国の王女にタメ口をきくなんてこと、とてもじゃないけれどできない。

「ふふっ、仕方ありませんね。ですが、私のことは、きちんと名前で呼んでくださいね？」

「わかりました、サーリャさま」

王女さま……もとい、サーリャは楽しそうに、いたずら好きな子供のように、そんなことを言い、パチリとウインクをするのだった。

◆

ひとまず、みんなと合流するために休憩所へ戻った。

合流した方が安全なので、サーリャさまも一緒に行動することに。

アレクは苦い顔をしていたものの、サーリャさまが命令を下した以上、逆らうことはできない。

そうして、俺達は休憩所へ。

「あら、遅かったじゃない」

「おか、えり」

タニアとニーナが迎えてくれる。

「わぁ」

ニーナを見て、サーリャさまの目がハートマークに。かわいらしい見た目と、もふもふの三本の尻尾の虜になったのだろう。

気持ちはわからなくはないが……なんていうか、思っていた以上に気さくな人だ。

「ん？　レイン、その人達は？」

「えっと……」

サーリャさまとアレク達についての説明をした。

「へぇー。あなた、王女さまなのね。一応、よろしくしてあげる。あたしは竜族のタニアよ」

カナデと同じく、タニアはまったく物怖じしない。むしろ、自分の方が偉いのだぞ、と言いたそうな雰囲気だ。

らしいといえばらしいのだけど、見ている方としては、サーリャさまの機嫌を損ねてしまわないかとハラハラする。

「ニーナ……です。よろしく、ね？」

ニーナはやや緊張していたが、元々、人見知りの傾向があるので、サーリャさまでなくても同じ対応をしていたと思う。

タメ口ではあるものの、サーリャさまはニーナのかわいらしさにハートを射抜かれている様子なので、まあ、問題はないだろう。

「「ぐへぇ……」」

ソラとルナは、未だ寝込んでいた。

まともに話ができなさそうなので、代わりに二人の紹介をしておいた。

ちなみに御者は、俺の仕事は馬の手綱を握ることで、その他のことは何も関係ない……というように、御者台に静かに座っていた。プロの魂というものを感じた。


自己紹介を終えた後、サーリャさまとアレクに、俺達の目的を話す。

「……というわけで、王都を目指しているところなんです」

「なるほど、昇級試験を受けるために王都へ……レインさんはすごいのですね」

「え？　なにがですか？」

「カナデさんのような最強種を仲間にしているだけではなくて、その歳でBランクに達しているなんて……そのような話、私は聞いたことがありません」

「そうなんですか？」

「ふふっ、どうして冒険者でない私の方が詳しいのですか？　普通、逆だと思いますが」

「ははっ、言われてみるとおかしいですね」

話せば話すほど、とても気さくな人だということがわかる。

王女さまらしいかと言われると、迷ってしまうところはあるが……ただ、こういう人が上に立っているのならば安心できる。上からものを見るだけではなくて、きちんと下に降りて、物事の全体像をきっちりと把握してくれそうで頼りになる。

「にゃー……レインがまた新しい女の子と仲良くなっているし」

「あたしらのことは気にならない、っていうのかしら？」

なぜか、二人の視線が痛い。

「よろしければ、レインさんがどのようなことをしてきたのか、お話ししてくれませんか？　冒険者の方の話に興味があるんです」

「姫さま、このようなところで時間を浪費するなど……」

「浪費と言われるのは心外ですが……そうですね。それなら、レインさん達も、私達と一緒に来てくれませんか？　私も、王都へ戻る途中でしたので」

「同行する、ということですか？」

「いえ、少し違いますね。私の護衛を引き受けていただけないでしょうか？」

「え？」

思わぬ申し出を受けて、ついつい間の抜けた声をこぼしてしまう。

失礼だと理解しているものの、ぽかんとする顔を止められない。

どうして、俺達がサーリャさまの護衛に？　アレク達は？　そもそも、なんでこんなところにサーリャさまが？

色々な疑問が思い浮かび、混乱してしまう。

「えっと……突然ですね？」

少しして落ち着きを取り戻した後、静かに問いかける。

「すみません。ただ……ぜひ、レインさん達にお願いしたいと思いまして」

「どうして、そこまで俺達のことを？」

「とても頼りになると思ったからです。先程、助けていただきましたし……レインさんの力もさることながら、そのお仲間も最強種。頼りにするのは普通だと思いませんか？」

「まあ、わからないでもないですけど……」

ちらりとアレクを見る。

彼は、とても苦い顔をしていた。

当然だ。サーリャさまが言葉にしていることは、ぶっちゃけてしまうと、アレク達では不安が残る、という話だ。間接的に役に立たないと言われているようなものなので、その反応も納得できる。

護衛を引き受ければ、アレク達、騎士の面子(めんつ)をさらに潰してしまうだろう。

「アレク達のことなら気になさらず。元々、護衛の人数が少ないと困っていたところなので」

俺の考えていることを読んだかのように、サーリャさまがそんなことを言う。

というか、今のやり取りで謎が増えた。

「根本的なところを聞きたいんですけど、サーリャさまは、どうしてこんなところに？」

「南大陸のシールロックはご存知ですか？」

「確か、最南端にある港町ですよね？」

「そちらにちょっとした用がありまして……今は、王都へ帰る途中なのです」

「その用っていうのは？」

「すみません、詳細を話すことは禁じられているのです。私に都合の良い話になってしまいますが、どうか、理解いただけると」

「いえ、気にしないでください」

大体の事情は把握した。

サーリャさまは、公務でシールロックへ向かい、そこで、なにかしらの仕事をした。たぶん、公にできない、機密性の高い仕事なのだろう。だからこそ、不必要に目立つことを避けて、護衛の数を最小限に減らした。

無事に仕事を終えて、帰ることにしたものの……護衛の数を減らしたことが仇となり、魔物に襲われるという事態に。

今、俺達を雇おうとしているのは、仕事を終えた今なら問題ないという判断なのだろう。

シールロックでなにをしていたのか？

そこは気になるものの、あえて追及するようなことはしない。ようするに、サーリャ・ヴァン・ロールリーズという個人を信用できるかできないか、という話なのだ。

意見を求めるように、みんなを見る。

ぐったりとしているソラとルナ以外、みんなは、問題ないというようにこくりと頷いた。

「わかりました。俺達でよければ引き受けたいと思います」

「ありがとうございます」

こうして、俺達は王女さまの護衛を引き受けることになった。

◆

「その時、極限の緊張の中、我は力強くこう言ってやったのだ。愚かな魔物よ、己の罪を悔いて土に還(かえ)るがいい！　となー！」

「まあ、とても勇ましいのですね。魔物達は、どうしたのですか？」

「連中、我の威光にひれ伏して慌てて逃げ出したのだ、ふははははっ！」

「ルナの話を鵜呑(うの)みにしない方がいいですよ。九割、ウソで構成されているので」

「そんなことはないのだ！　八割、脚色しているだけなのだ！」

「質が悪いことに変わりないじゃないですか」

「ふふっ、ソラさんとルナさんはおもしろいですね」

ゆっくりと歩く馬車の方から、楽しそうな声が聞こえてきた。

護衛ということで、ソラとルナはサーリャさまの馬車に同席させてもらっている。王族専用の馬車の乗り心地はとてもいいらしく、ソラとルナが酔うことはなかった。

偶然、馬車酔いの問題を解決することができて、ラッキーと言える。

サーリャさま達が乗る馬車の後ろを、俺達が使っていた馬車がゆっくりと進む。

カナデとニーナとティナは、後ろの馬車で待機。俺とタニアは外を歩いて、騎士達と一緒に護衛を務めていた。

「もしよければ、他にもお話を聞かせていただけませんか？」

「うむ、構わぬぞ。我の偉大なエピソードは千を超えるのだ！」

「偉大というか、滑稽の間違いでは？」

「なんだと⁉」

「なんですか⁉」

「ふふっ、お二人は仲が良いのですね」

サーリャさまはとても楽しそうで、それに、ソラとルナもわりと調子がいい。馬車酔いが解消されたことでテンションが上がっているのかもしれないが……それだけではなくて、サーリャさまのことを気に入ったのだろう。

ソラとルナは精霊族なので、基本的に人間嫌いだ。ホライズンの人には良くしてもらっているため、最近では仲良くしているものの……それ以外の初対面の人間となると、けっこう厳しい態度をとることもある。

しかし、サーリャさまに対してはそんなことはしないで、むしろ、長年の友達のように親しく接している。

二人がすぐに気を許してしまうくらい、サーリャさまは魅力的な人なのだろう。

「……」

馬車の中は和んでいるが、外はピリピリとしていた。

その原因は、アレク達、三人の騎士だ。

彼らは無言、無表情を貫いていて、黙々と馬車の隣を歩いている。最初は、こちらから軽く話を振ってみたものの、見事に無視された。

たまにこちらを見るものの、その視線には敵意さえこもっている。

サーリャさまの命令とはいえ、俺達が護衛に参加することを快く思っていないのだろう。面子を潰されたようなものなので、気持ちはわかる。

わかるのだけど……やや過剰な反応な気もするな？

「……ふん」

アレクと目が合い、露骨に舌打ちをされてしまう。

王都までの間、一緒にサーリャさまを守る仲間なのだから、できれば仲良くしたいのだけど、それは難しそうだ。

やれやれと、ため息をこぼすのだった。


日が暮れ始めたところで、無理をせず、休憩所に移動した。

小さな休憩所でベッドもない。野営をするしかないな。

まずは周囲の探索をして、大型の獣や魔物がいないことを確認。その後、火を起こしたりテントを設営したりして、野営の準備に取りかかる。

魔物はともかく、獣が一匹もいないのは残念だ。テイムして、見張りなどで協力をしてもらいたかったのだけど。

アレク達も野営の準備を進める。

小さなテントが二つと、大きなテントが一つ。大きなテントには、馬車と同じように細かな細工が施されていた。それと、王家の紋章。

サーリャさまの寝所になるのだろう。

ほどなくして野営の準備が終わり、それとほぼ同時に夜が訪れた。

まず最初に、アレク達、騎士が見張りにつくことに。

こちらからも人を出そうとしたのだけど、なぜか断られてしまう。馴(な)れ合(あ)いをするつもりはない、ということだろうか？　それにしては、視線が厳しすぎる。

無理に食い下がることはせず、俺達は食事をとることに。

「私もご一緒してよろしいですか？」

「うむ、よかろう」

「ごはんは、みんなで食べた方がおいしいですからね」

ルナとソラはサーリャさまを歓迎する。他のみんなも文句を言うことはなく、素直に受け入れる。

「……ちっ」

離れたところで見張りをするアレクは、苛立(いらだ)たしそうにしていた。

ただ……その視線が気になる。

最初は騎士の面子を潰されたことを気にしているのかと思ったが、それにしては、敵意が強い。

護衛は多い方がいいはずなのに、まるで、邪魔者が現れたといわんばかりの態度だ。

気にしすぎかもしれないが……ただ、用心するに越したことはないな。

俺はごはんを食べた後、その辺りを歩いていたクモをテイムして、周囲の警戒をさせた。

さて、俺の考えすぎならいいのだけど、どうなるか。


「レインさん？」

「え？」

気がつけば、サーリャさまが隣に。焚き火の周りに設置された丸太を椅子代わりにして、こちらをじーっと見つめていた。

「あ、すいません。少しぼーっとしていました」

「護衛の疲れでしょうか？　私のために、ありがとうございます」

「いえ、気にしないでください。これが冒険者の仕事ですから」

「気にしないで、と言われても無理です。私のために、こうしてがんばってくれているのですから。なにか、私にできることがあればいいのですが……」

失礼なことを言うと、サーリャさまは王女に見えない。こうして誰に対しても親しくしているところは、王族らしくない。

王族といえば、威厳を備えていて、庶民とは一線を引くものだと思っていたが……サーリャさまは違うみたいだ。身分の差を気にする様子がない。

今が公の場でないという理由はあるが、それだけではなくて、普段から身分について強く意識していないのだろう。

王族としては、もしかしたら失格なのかもしれない。でも、そんなサーリャさまのことは、一人の人として好ましく思う。

「そうだ、マッサージでもしましょうか？」

名案とばかりにそう言うのだけど、勘弁してほしい。

王女さまにマッサージなんてことをさせたことが国にバレたら、俺は、不敬罪で投獄されてしまうのではないか？

「いえ、それはちょっと……」

「こう見えて、なかなかに上手なのですが……残念です」

「そこまで疲れているわけじゃないですし、今はこうして休んでいますから、特に問題ありませんよ」

「そうですか？　なら……少し、わがままを言ってもよろしいでしょうか？」

「どんなわがままですか？」

「ソラさんとルナさんと同じように、レインさんからも冒険のお話を聞きたいです」

サーリャさまはとても楽しそうだ。こんなどうでもいい会話が、楽しくて楽しくてたまらない、という様子だ。

王族というだけあって、普段、窮屈な生活をしているのだろうか？

だから、こんな風にのんびりできることが楽しいのだろうか？

ふと、そんなことを思う。

「それくらいならいいですよ」

今までの経験を、ゆっくりと丁寧に話していく。

「……そんなわけで、ミスリルを盗掘していた連中と戦うことになったんですよ」

「た、大変でしたか？」

「そうですね。敵は魔物を使役していて、危ないところもありましたけど……でも、仲間のおかげで乗り越えることができました」

「それは、レインさんの力ではないのですか？」

「違いますよ。仲間がいたから、背中を気にすることなく全力で戦えたから……一人だとしたら、なにもできず負けていたと思いますよ」

「なるほど……ふふっ」

ふと、サーリャさまが笑みを浮かべた。

どこか眩しいものを見るような視線をこちらに送る。

「うらやましいですね」

「うらやましい？」

「私には、信頼を寄せることができる仲間と呼べる方はいません。ですから、レインさんがうらやましいです。私にもそのような人がいれば……と、考えてしまいます」

王女であるがゆえに、サーリャさまは孤独なのだろうか?

「なら、俺がなりますよ」

気がつけば、そんな言葉が飛び出していた。

「え?」

「サーリャさまの友人に、っていうのは大それたことですけど……でも、信頼してもらえる仲間というか秘密の仲間というか……まあ、そんな感じで。サーリャさまが困っている時は助けますし、あと、逆に俺が困っている時は助けてほしいです」

「……レインさん……」

「どうですか?」

「どうして、そこまで……?」

「失礼なことは理解しているんですけど、サーリャさまと仲良くなりたいと……友達になりたいと思いました」

「……」

「だから、つい。って……サーリャさま?」

サーリャさまは目を丸くして、フリーズしていた。

目の前で手をひらひらしても反応がない。

「あ……」

ややあって、瞳の焦点が元に戻る。

「す、すみません……とてもうれしくて、つい」

「そう言ってもらえるということは？」

「はい……私でよければ、喜んで。これから、よろしくお願いいたします」

「こちらこそ、よろしくお願いします」

笑顔で握手を交わした。

王女さまを相手に、かなり大胆なことをしているという自覚はあるのだけど、でも、止めることはできない。彼女と素直に仲良くなりたい。

「この話、カナデ達……仲間にもしてもいいですか？　きっと、みんな喜んで受け入れてくれると思うので」

「はい、とてもうれしいです」

「よかった」

サーリャさまはにっこりと笑う。その笑顔は太陽のようで、俺の心を温かく照らしてくれる。

不思議だな。

出会ったばかりで、しかも、相手は王女さま。本当なら、こんな風に笑い合うことはできないのだけど……でも、こうなることが当たり前のように思えた。

大げさかもしれないけど、この出会いは運命のように思えた。

サーリャさまと出会い、友達になったことで、なにかが変わる……そんな風に感じた。

「たくさん、友達ができそうでうれしいです。ちょっと怖かったですが、おもいきって、レインさんに護衛を頼んで正解でした」

「そういえば、どうして俺に護衛を？　その……友達になりたいから、とか？」

「正直言うと、それもあるのですが……ただ、他にも理由があります。とても真面目な理由です」

「……聞いてもいいですか？」

「このようなことを言うのはなんですが……アレクが苦手でして」

「苦手？　どうして？」

「アレクは、最近になって、私の護衛になった騎士なのですが……どうにも、打ち解けることができず。それだけではなくて、私を見る目が冷たいように思えて仕方ないのです。私がこのようなことを口にしてはいけないのですが、しかし、勘違いとも思えず……」

「ふむ……？」

アレクに対して、俺は、どこか不審なものを感じていて……そして、サーリャさまも微妙な感情を抱いている。

これを偶然の一致と片付けていいものか？

いいわけないいな。

「すみません、つまらない話を聞かせてしまいました」

「いいえ、気にしていませんよ。それに、おかげで、とある問題に対する疑念への確信を深めることができました」

「え？　それは、どういう……」

「少し耳を貸してくれませんか？」

「はい……？」

不思議そうにするサーリャさまに、そっと耳打ちした。

最初は不思議そうにしていたサーリャさまだけど、俺の話を聞いて、その顔が驚きに変化する。

「そんな、まさか……」

「まだ確信があるわけじゃないんです。ただ、あまりにも色々な出来事が結びついていて、とある問題の疑念を深くしている。もしも、この想像が的中していたとしたら、とんでもないことになってしまう」

「そう、ですね……内容が内容だけに、放置しておくわけにはいきませんね」

「はい。だから、ちょっとした罠をしかけたいと思います。俺の考えが正しいのなら、今夜にでも色々なことが動くと思うので……サーリャさま、協力してくれませんか？」

「……わかりました。レインさんの指示に従いましょう」

～ Another Side ～

深夜。

サーリャはテントの中で、穏やかな寝息を立てていた。

柔らかい布団と暖かい毛布にくるまれている。毛布を頭までかぶっていて、その寝姿は子供のようだ。

「……」

音もなく、三つの人影がテントに侵入した。

暗闇に紛れるようにして、足音を立てることなく、ゆっくりとサーリャに近づいていく。

一人がゆっくりと剣を抜いた。

サーリャの近くへ歩み寄ると、剣を逆手に持つ。

そして、勢いよく振り下ろす。


ギィンッ！


「なっ⁉」

刃は毛布を切り裂いたが、そこで止まる。毛布の奥に隠されていた硬いものにぶつかり、弾(はじ)かれてしまう。魔法で作られた盾が展開されていた。

「く……」

雑な仕草で突いたせいで、手が痺(しび)れたらしく、人影は舌打ちをした。

「そこまでだ」

瞬間、光球が生まれた。

夜の闇が一瞬で消えて、光がテント内を満たす。

三つの人影の正体が露見する。

その正体は……アレクと二人の騎士だった。

◆

「なっ……い、いったいなにが⁉」

突然のことに動揺するアレク。他、二人の騎士も同様にうろたえていた。

まあ、それも当然の反応だろう。

こっそりとテントに侵入して、王女を暗殺しようとしたら失敗して、その上、俺が現れたのだから。人殺しに慣れた暗殺者だとしても、この展開は完全に予想外だったらしく、動揺を隠すことは難しい。

「貴様、どうしてここに……」

「怪しいと思って、張り込んでいたんだよ」

サーリャさまの話を聞いて、いくつか疑問点を持った。

彼女は、機密性の高い公務のため、目立たないように最小限の護衛を連れて旅をする。

それは納得できるものの……おかしいのは、護衛の騎士の実力だ。

少数で王女を守らなければいけないのだから、一騎当千の実力者でなくてはならない。それなのに、オーガに苦戦するという情けない姿を晒していた。

アレクを始め、三人の騎士は護衛に求められる実力が備わっていない……と、最初は思っていたのだけど、よくよく見てみれば、カナデやタニアが発する闘気に威圧されることなく平然としていた。

それなりの実力があると判断しても問題ない。

なら、なぜオーガに苦戦していたのか？

あの時……アレク達は、わざと手を抜いて、オーガに馬車を襲撃させようとしているように見えた。そして、中にいるサーリャさまを事故に見せかけて殺す。

そんな計画を企んでいたとしたら？　動機はわからないが、そう考えると納得がいく。

証拠はないし、俺の考えすぎということもある。

ただ、アレク達を見ていると考えすぎと思うこともできず……なので、罠を張ることにした。

サーリャさまには、予定通り一人で寝てもらう……フリをして、別の場所へ。そして、アレク達が凶行に出るか出ないか見張る。

結果は……ごらんの通り、黒だ。

たぶん、俺達という予想外の要素が加わったことで、焦ったのだろう。

早期に決着をつけて、その後、サーリャさま殺害の容疑を俺達に着せる……そんな計画を考えていたのだろう。

「ふふんっ、お前達の悪事は、我がバッチリくっきりハッキリと目撃したのだ！」

毛布をはねのけて、サーリャさまの身代わりをやっていたルナが現れた。

剣は魔法で防いだので、まったくの無傷だ。

「くっ、貴様ら……！」

「王都までの数日間、ずっと見張っておくつもりだったんだけど……初日で釣れるなんてラッキーだな。いや。護衛の騎士がサーリャさまの命を狙うなんて、あってほしくなかったから、アンラッキーというべきか？」

「王女はどこだ？」

「言うわけないだろ」

「なら死ね」

ぶわっと殺意が膨らみ、アレクが突撃してくる。

さらに、他の二人の騎士も剣を抜いた。

「レインっ、危ないのだ！」

ルナが焦ったように叫ぶが、それは心配しすぎというものだ。

「ふっ！」

アレクが剣を振り下ろすタイミングに合わせて、その手に蹴りを叩き込む。

「がっ⁉」

指の骨を砕く感触が伝わる。

それでも、さすが騎士というべきか。アレクは苦痛に顔を歪めながらも剣を放り出すことなく、無理矢理に握りしめて、第二撃を放ってくる。

合わせて、二人の騎士も剣を振り下ろす。

アレクのフォローをしつつ、こちらの退路を断つ、見事な連携だ。これだけの力があるのなら、オーガなんて敵じゃなかっただろう。手を抜いていたという証拠がまた一つ、浮上する。

「物質創造」

「なっ⁉」

足元に石の塊を用意してやると、一人の騎士が見事につまずいた。

ものすごく単純な手で、子供だましのようなものだけど、だからこそ、戦闘教本を熟読しているような相手には効果がある。

一人が倒れたことで回避スペースが生まれた。そこに体を滑り込ませて、アレクと騎士の攻撃を回避。すかさず反撃に移り、倒れた騎士の頭を蹴り、意識を奪う。

そのまま独楽（こま）のように体を回転させて、もう一人の騎士を裏拳で打つ。よろめいたところをナルカミのワイヤーで拘束。

「バカめっ、この俺を忘れたか！」

「しっかりと覚えているよ」

アレクが斬りかかってくるものの、

「アースバインド！」

ルナの魔法で拘束されて、他の二人の騎士と同じように地面に転がる。

「ふふん、レインばかりに集中しすぎなのだ。この我から注意を逸らしたこと……それこそがお前達の敗因であり、最大の失敗なのだ。ふははは、ふはぁーっはっはっは！」

ルナが胸を張り、悪の幹部のように高笑いを響かせていた。

似合うなあ……と苦笑しつつ、俺はアレクをナルカミのワイヤーで二重に拘束した。

「い、いつの間に……!?」

◆

念の為に、仲間がいないか周囲の探索をして……安全を確保したところで、俺達が利用する馬車へ向かう。

コンコン、と馬車の扉を一定の間隔でノックする。

すると、馬車が開いてサーリャさまとみんなが顔を見せた。

「あ、レインとルナだ！」

「レインさん。おつかれさまです」

「どやった？　なんか争う音が聞こえてきたけど、ヒットしたん？」

サーリャさまは、俺達が使っている馬車に避難してもらった。彼女が使っていた馬車だと、もしかしたら罠がしかけられているかもしれないからだ。

みんなと一緒なので、これ以上、安全なところはない。

「あの……どうでしたか？　アレク達は……」

「残念ながら黒でした」

「そう、ですか……」

ため息を一つこぼして、サーリャさまは手の平で顔を覆う。指の隙間から苦い表情が見えた。

自分を護衛するはずの騎士が命を狙っていた。なかなかに厳しい現実に、心をかき乱されている様子だ。

なんて声をかければいいのか迷うのだけど……意外というべきか、サーリャさまはすぐに立ち直り、いつもと変わらない様子で問いかけてくる。

「アレク達は生きていますか？」

「はい。命は奪っていません」

「なら、手間をかけてしまい申しわけないのですが、彼らを王都に連行したいと思います。そこで、動機や背後関係を調査しないといけません」

「そうですね、その必要はあると思いますが……」

運搬方法が難しい。

馬車は二台しかないから、アレク達は歩かせるしかない。しかし、王都へ連行されることに素直に応じるだろうか？　最悪、歩こうとしないかもしれない。

「レイン……だい、じょうぶ」

ニーナが馬車から降りて、サーリャさまのテントへ。

ややあって、ルナと一緒に戻ってきた。

なにをしたのだろう？　こころなしか、ルナがニーナを見る目に恐れが混じっているような気がした。

「ルナ、アレク達は？」

「……ニーナがぽい、ってしたのだ」

「ぽいっ？」

ニーナを見ると、にっこりと笑う。

「絶対に、逃げられないところに……ぽいっ」

「……もしかして、亜空間？」

「うん」

ニーナが誇らしそうに頷いた。

どうやら、アレク達を亜空間に放り込んで、閉じ込めたらしい。最近のニーナは成長速度がめまぐるしく、人を三人収納しても問題はないらしい。

それにしても、亜空間に閉じ込めてしまうなんて……サーリャさまを暗殺しようとした大罪人とはいえ、多少、同情してしまう。

「ニーナ、アレク達は拘束したまま、亜空間に？」

「絶対、に……逃げられないよ？」

「そっか。うん、お手柄だ」

「ん♪」

頭を撫でると、三本の尻尾がぴょこぴょことうれしそうに動いた。

やっていることはとんでもないことなのだけど、でも、お手柄なので、きちんと褒めておいた。

これで連行する方法に頭を悩ませないで済んだ。

「サーリャさま。王都に連れて行く前に、ここでアレク達と話をすることもできますが、どうします？」

「いえ、その必要はありません」

意外というべきか、サーリャさまは首を横に振る。

「どうしてあんなことをしたのか、気にならないんですか？」

「なんとなく、予想はついていますので」

そう言うサーリャさまは、わずかに表情が崩れていた。必死に冷静であろうとしているが、しかし、護衛に狙われていたというショックを隠せないでいる。

予想はついているというが、やはり、動揺はあるのだろう。

本来ならば信頼すべき護衛に裏切られてしまう……それは、とても辛いことだろう。

かつて、アリオス達に追放された時のことを思い出す。

サーリャさまも、似たような想いを味わっているのかもしれない。

「やっぱり……私は、一人なのですね」

とても寂しそうに言う彼女の姿は見ていられない。

気がつけば、俺はサーリャさまの手を摑んでいた。

「レインさん……？」

「一人なんかじゃありません」

「え？」

「出会ったばかりだけど……でも、俺がいます。俺達がいます」

「……レインさん……」

「そうそう、私はサーリャの味方だよ？　仲良くしてくれたし、私は好きだなー」

「まあ、あたしはどうでもいいんだけど？　でもまあ、こうして、せっかく顔見知りになったわけだし……王都まで、ちゃんと護衛してあげる」

カナデはにっこりと笑い、タニアはひねくれつつも、まっすぐな好意を向ける。

「我は、サーリャのことが気に入ったぞ。人間にしては、なかなかまっすぐで好感が持てるのだ」

「そうですね。今時、珍しい人間です。機会があれば、精霊族の里に招きたいくらいですね。きっと、母さんや長と良い関係を築くことができるでしょう」

ルナとソラが純粋な笑顔で言う。

「ウチなんかが言うのもなんやけど、あんま、寂しいこと言わんといてな。まあ、ウチは幽霊で大したことはできんけど、でも、一緒におることはできるでー」

「わたし……も、一緒にいる……よ？」

ティナとニーナが、俺と同じようにサーリャさまの手を握る。

「みなさん……ありがとうございます」

サーリャさまは涙をにじませて、それから深く頭を下げた。

その状態で、もう一度、「ありがとうございます」と言う。

その声は、わずかに涙ぐんでいた。でも、悲しみの色は消えていて、喜びの感情で満たされている。俺達の声がサーリャさまの心に届いた証拠だ。

そうあれたことが、とてもうれしい。

「ただ……正直なところを言うと、この展開は、ある程度予想していました」

「そうなんですか？」

「今回の公務には、色々と不明瞭な点が見受けられたので。もしかしたら、という程度の可能性ですが……今回の流れに近いことを想定していました」

「なるほど、それで俺達を？」

「はい」

色々と納得した。

サーリャさまは身分の差に囚われない気さくな人ではあるが、いくらなんでも、出会ったばかりの人に正体を打ち明けることはしないだろう。それに、護衛を頼むこともしない。

最初からアレク達に疑念を抱いていたからこその行動だったのだ。

俺達に出会うことがなければ、おそらく、独自に別の護衛を見つけて、雇っていただろう。あるいは、すでに雇っているのか。

サーリャさまは、俺が思う以上に頭の回転が早く、思考の幅がとても広い。ただの王女さまというわけではないみたいだ。

色々な意味ですごい人だ。そんな彼女と知り合いに……いや、友達になることができたのは、とてもうれしく、誇らしく思う。

「ひとまず、今日はこのまま休みましょう。アレク達に逃げられる心配はないし……そもそも、深夜なので無理に移動しない方がいいかと」

「はい、そうしましょう。その……」

サーリャさまは俺達を見て、今一度、頭を下げる。

「今回のことは、王に報告しなければいけません。そのため、私は絶対に王都に戻らなければなりません。レインさん達には迷惑をかけてしまいますが……どうか、よろしくお願いします」

「任せてください」

俺がしっかりと頷いて、

「にゃん！　私達が、絶対にサーリャを守るよ！」

「ふふんっ、大船に乗ったつもりでいなさい」

「我が言おうとしていた台詞（せりふ）!?」

「最近、ルナの個性が消されていますね」

「よし……よし」

「やめとき、ニーナ。慰められるのは余計に辛いで」

「ふふっ、ありがとうございます。みなさんは、とても頼りになりますね」

公の場ではないとはいえ、サーリャさまは身分を気にすることなく、同じ目線で同じ立場で話をしてくれる。そして、とても聡明な人だ。

そんなサーリャさまを狙うなんて、いったい、どんな思惑が絡んでいるのか？

俺が気にしても仕方ないことかもしれないが、それでも、考えずにはいられなかった。

9章　明かされる真実

その後、特に問題はなく旅は進み……予定通り、五日後に王都に到着した。

王都はホライズンの何倍も広く、街の周囲全てが高い石壁に囲まれている。東西南北に入り口となる門が設けられていて、一度に通過できる人数は限られている。さらに各門には騎士が常駐して、不審者や犯罪者対策として目を光らせている。

それともう一つ、王族専用の五つ目の通路が存在するらしい。

俺も初めて知ったことなのだけど、無用な混乱を避けるため、事件に巻き込まれるのを避けるため、専用の通路が作られたのだとか。

俺達は、王族専用の通路から王都に入る。

普段は厳重なチェックを受けるらしいが、サーリャさまのおかげで、それはパス。スムーズに移動することができたため、ありがたい。

そのまま、サーリャさまと一緒に王城へ。

王城は王都の中心に位置している。他のどの建物よりも高く、大きい。教会の神殿を参考にしているのか、どことなく神秘的な雰囲気も感じられる造りとなっていた。

そんな王城は、街の外壁よりもさらに高い壁に囲まれて、どんな攻撃も跳ね返すであろう頑丈な門に守られている。鉄壁の守りだ。

こちらもサーリャさまのおかげで、簡単に中へ入ることができた。カナデやタニアを見て、騎士達が何事かと不思議そうにしていたが、それでも、軽いチェックを受けるだけで済む。

改めて、サーリャさまが王女であることを思い知る。

第三王女とはいえ、その権力はとても大きい。

そんなサーリャさまを狙った暗殺未遂事件は、どのような波乱をもたらすのか？　関わりを持った俺達ではあるが、どうなるのか？

なかなかに緊張してしまう。


王城に入った後、少ししたところでサーリャさまと別れた。先に、王に色々と話をしておきたいらしい。

その間、俺達は客間で待機することに。

ここが王城であることを考えると、非常に落ち着かない。

「へえ、すごく大きい部屋ね。この部屋だけで、ウチと同じくらいの広さがない？」

「ねえねえ、このソファーすごいよ。ふわふわのふかふか！　ぽーん、って弾むよ」

さすがというべきか、タニアとカナデは、まったく物怖じしていない。興味深そうに客間を散策して、家具や調度品を見てほうほうと感心していた。

この度胸、見習いたい。

「おー？　レイン、どうしたのだ？　なんだか、妙な顔をしているぞ」

「もしかして、緊張しているのですか？」

ソラとルナが俺の様子に気がついて、声をかけてきた。

「緊張するレインなんて、なかなか見ることができないのだ。レアなのだ」

「あのな……俺だって、緊張する時はするぞ」

助けたお礼をしたいということで、王城の中にまでついてきたのだけど、「王からも言葉があると思います」と言われたことは予想外だった。

てっきり、サーリャからお礼の言葉や品をもらい、それで終わりだと思っていたのだけど、「王族として、そんな適当なことはできません」と反対されてしまい、王から直接言葉をもらうことになったのだ。

緊張で胃が痛い。

昇格試験を受けるはずだったのに、気がつけば王と面会するなんて、どうしてこんなことに？

「まあ、仕方ないですよ。王女さまを助けたとなれば、国を治める王としては、言葉をかけないわけにはいきませんからね」

「むしろ、当然のことだと思うぞ。そこまで考えて、レインはあの王女を助けたのかと思ったのだ」

「ん……わたしは、レインは良いことをしたと……思うな」

特に考えなしに助けてすみません。

「せやで。後先考えないところはちと反省点かもしれんが、それでも、迷うことなく人助けをできるところはレインの旦那の良いところや」

ニーナとティナが、そうフォローを入れてくれた。

二人の優しさにほっこりとして、やや落ち着くことができたのだけど、

「失礼します。準備が整いましたので、謁見の間へお越しください」

そんな騎士の言葉に、再び緊張が増す。

「がん、ばれ」

「ファイトやでー」

「はは……がんばるよ」

ニーナとティナの声援を受けて、また、少し落ち着いた。

◆

「面を上げよ」

伏していた俺達は、王の言葉にそっと顔を上げた。

ちなみに、カナデ達も膝をついて顔を伏せていた。さすがに空気を読んだらしく、サーリャさまの時のように気軽に話しかけることはしないで、静かにしていた。

顔を上げると、この世界を治める主、アルガス・ヴァン・ロールリーズの姿が見えた。

歳は六十を過ぎていると聞くが、その身にまとう覇気は老人のそれではない。歴戦の戦士というもので、こうして対峙していると圧さえ感じる。

王は玉座に座り、その隣に、サーリャさまの姿があった。

旅をしていた時とは違い、きらびやかなドレスと輝く宝石で身を飾っている。元々、綺麗な人だとは思っていたが、さらに洗練されていて、ついつい見惚れてしまいそうになる。

「サーリャから話は聞いた。魔物から助けてくれただけではなく、不忠者を捕えるのにも力を貸してくれたそうだな？　礼を言うぞ」

「はっ。もったいないお言葉、ありがとうございます」

王の言葉を受けて頭を下げた。

それを真似するように、他のみんなも頭を下げた。

カナデやタニアなんかは、「人間の作法なんて知らないんだけど」と言い出さないかと不安に思ったが……そんなことはなくて、きちんと礼儀正しくしてくれていた。

「そなた達のおかげで、思っていたよりも早く不忠者をあぶり出すことができた。うれしい誤算というやつだな。感謝しなければならない。褒美をとらせようと思うが、なにを望む？」

王の言葉に引っかかるものを覚えた。

あぶりだす？　うれしい誤算？

その言葉の意味を考えて……ほどなくして、ある仮定にたどり着いた。

根拠はないため、単なる俺の妄想かもしれない。しかし、考えれば考えるほど他の可能性というものが消えていき、これだ、という確信に変わる。

だとしたら、俺は……

「……褒美の代わりに、一つ、質問をいいですか？」

「うん？　なんだ？」

「もしかして、王は……サーリャさまの身辺に、その身を狙う不忠者が混じっていることに気がついていたのでは？」

「ほう」

王は、おもしろそうなものを見つけたような顔をした。

みんなの顔は見えないが、突然、なにを言っているの？　というような感じで、驚いているような雰囲気が伝わってきた。

サーリャさまは……顔色を変えることなく、静かに微笑（ほほえ）んでいる。

「この儂（わし）が、娘を狙う者をあえて護衛につけていたと……そう言いたいのか？」

「はい」

「ふむ、断言してみせるか。どうして、そのように思う？」

「それは……」


サーリャさまは、機密性の高い公務を行うために、少数の護衛を連れて城を出た。

その護衛は実は暗殺者だった。それも、一人ではなくて全員が。

いくらなんでも、そんなことがありえるだろうか？

これでは、王は、娘を狙う不忠者をまるで見抜くことができない無能ということになる。

しかし、王は無能ではない。サーリャさまと同じく、賢く、強い人だ。こうして対面することで、そのことがよくわかる。

そんな人が、不忠者に気づかないわけがない。仮に気づかないとしても、絶対に裏切らないであろう信頼できる者を同行させるだろう。

それをしないということは……あえて、不忠者の好きにさせた。

そんなことをする理由は、いくつか考えられるのだけど……慎重でなかなか尻尾を摑ませない不忠者を捕まえるために、あえてサーリャさまの護衛に選んだ。行動を起こすための、絶好のチャンスを与えた。

そうすることで、不忠者の本心を曝け出す……すなわち、あぶり出す。

そう考えると、全ての辻褄が合うのだ。

一言でまとめるのならば、王は、サーリャさまをエサにして不忠者を釣り上げようとした。

おそらく、俺達が助けに入らなくても、どこかの段階でサーリャさまを救出して、不忠者を一網打尽にするつもりだったのだろう。

「ふむ、なるほど」

俺の考えを伝えると、王は軽く笑う。

こんな時なのに、楽しそうにしていた。

「貴様っ、王に対してそのようなことを……！」

「無礼であるぞ！　打ち首にされたいか⁉」

　側近達が声を荒らげるが、俺は気にしない。

　俺は今、あくまでも王と話をしているのだ。外野の言葉に耳を傾ける必要はない。

「おもしろい考えだ。話に大きな綻びはない。しかし、証拠はないな？」

「そうですね、証拠はありません。ですが、王ともあろう方が言い逃れをするのですか？」

「ふむ」

「俺の妄想ならば、この身をかけて償いましょう。打ち首にしても構いません。好きに処断してください。ですが、そうでないというのなら……」

「ならば？」

「サーリャさまに謝罪してください」

「……」

　王の目が丸くなる。

「おそらく、サーリャさまは全て承知の上だったんでしょう。でなければ、柔軟に対応することはできません。ですが……たとえ承知していたとしても、そんなことはあってはなりません」

「それが国のためだとしても？」

「サーリャさまは、とても聡明な方です。国のためというのならば、なおさら、許されることではありません。というか……」

　俺は己の立場も忘れて、王を睨みつける。

「親は子を守るものです。それなのに、逆に晒すなんて……どのような理由であれ、認められていいものではありません」

「言ってくれるな、小僧」

圧が強くなり、まるで最強種と対峙しているような錯覚を得る。

それでも、俺は言葉を止めない。

最初に感じていた緊張なんかどこかへ消えて、胸の内から湧き上がる熱い想いに従う。俺は間違っていないと、強く強く、言葉を紡ぐ。

「確かに、サーリャさまは王女という立場にありますが、しかし、それ以前に一人の子供です。あなたという親を持つ、一人の娘です。このような扱いを受ければ、承知していたとしても、思うところはあったはずです。心が傷ついていたはずです。だから、謝罪してください。それが、俺が望む報酬です」

「この無礼者がっ、王に対する数々の暴言、今ここで……」

「よい」

激怒する側近が腰の剣に手を伸ばすが、それを王が制した。

「……」

王は無表情で、なにも言葉を発しない。

表情や言葉を忘れてしまうほどに激怒しているのか？　それとも、別の感情を抱いているのか？

俺と王は、視線を交差させて……ややあって、王は豪快に笑う。

「ははは、おもしろい。実におもしろい。この儂を相手に、ここまで言うとは……久しぶりだな、このような痛快な気分になったのは」

「お父さま……？」

「サーリャよ、お前が連れてきた冒険者はとてもおもしろいな。このような者がいたなんて……くく、世界は広いというべきか」

打ち首覚悟の発言だったのだけど、逆に気に入られてしまったみたいだ。

うーん……サーリャさまといい王といい、国のトップは変わった人が多いのだろうか？

「ふぅ」

王は、ひとしきり小さく笑うと、おもむろに玉座を立つ。そして、隣のサーリャさまに向き直り、ゆっくりと頭を下げた。

「お、お父さま⁉」

「サーリャよ、今回のことはすまない。王として父として、謝罪しよう」

「そんな……お父さまが謝罪する必要なんてありません。今回のことは、私も納得してのこと。国のためにこの身が役に立つのならば、喜んで捧げましょう」

「良い王女に育ったな。しかし、良い子すぎるから、ついつい甘えてしまう。儂のしたことは、その冒険者が言うように間違っているのだろう。国のためにも、早く不忠者をあぶり出さなければと思い、今回の作戦を実行したが……もっとやり方があったかもしれん。反省している」

「……お父さま……」

やはり思うところがあったらしく、王の謝罪を聞いて、サーリャさまは笑顔になる。

その笑顔が、今回の一番の報酬だろう。

「さて……」

王は改めて玉座に座り、こちらを見た。

「これでいいか？　冒険者よ」

「はい、失礼しました」

「よい。このような機会を作ってくれなければ、儂はなにも言葉にせず、娘との間に溝ができていたかもしれぬ。だからこそ、逆に感謝している。そなたに与える罰はない。よいな？」

王の言葉に、側近達は頭を下げた。

「今夜は城に泊まっていくといい。サーリャを助けてくれた礼を改めてしたい」

「はい。では、お言葉に甘えて」

「そういえば……名前を聞くのを忘れていたな」

「失礼しました。レイン・シュラウド、といいます」

名前を告げた瞬間、王の顔色が変わる。

「レイン……シュラウド？　シュラウド、と言ったのか？」

「はい、そうですが……？」

王は驚いているらしく、動揺の感情が面に出ていた。鉄仮面を被っているかのように、感情が表に出ることはなかったのだけど……なにをそんなに驚いているのだろう？

「お父さま？」

「うむ……いや、なんでもない」

サーリャさまの不思議そうな視線を受けて、王は静かな表情を取り戻した。

「では、今宵は娘の恩人のために、料理人達にがんばってもらうことにしよう。サーリャよ。シュラウド達を客間へ。お前も、色々と話したいことがあるだろう？」

「はい。ありがとうございます、お父さま。さあ、レインさん、こちらへ」

「あ、はい」

王がこちらをじっと見つめてくる。その視線の意味が気になるものの、今は、なにを問いかけても答えてくれなさそうな雰囲気だ。

俺は一礼して、謁見の間を後にした。

◆

夜になると、宴が開かれた。

王はささやかなものと言っていたが、とんでもない。

テーブルの上には、芸術品のような綺麗な料理が所狭しと並んでいる。芳醇な香りがするワインに、季節の果物。さらにケーキなどのスイーツも用意されていて、いたれりつくせりだ。

これでささやかというのだから、本気を出した宴はどれほどなのか？

「はぐはぐっ！　あむっ！　んく……んんっ……ぱくっ、ぱくぱくぱく！」

「あむあむあむっ、はむっ、はむっ、あむぅ……んむっ、ごくんっ！　ぱくりっ！」

カナデとルナが勢いよく料理を食べていた。

王室の料理にすっかり心を奪われてしまったらしく、その目にはハートマークさえ浮かんでいる。

「にゃあ～♪　どれもこれもおいしくて、幸せだよぉ♪」

「たくさん食いだめしておかないといけないのだ！　あと、お持ち帰りできないか聞いてみないといけないのだ！」

「ルナ、浅ましいですよ」

ソラにたしなめられるけれど、ルナの手は止まらない。むしろ加速して、ついには両手を使い始めた。

「こんな料理を食べられる機会なんて、もうないかもしれないのだ。ならば、今のうちにできるかぎり食べないといけないのだ。我の胃が試されている！」

「やれやれ……我が妹ながら恥ずかしいですね。こういう料理は、もっと落ち着いて食べないといけません」

呆(あき)れた様子を見せながらも、ソラも皿いっぱいに料理を盛っていた。食べるペースこそゆっくりだけど、その食欲は果てしない。

そんな食いしん坊達を見て、マイペースで肉を食べていたタニアが呆れるような顔に。

「こんなにおいしいんだから、もうちょっと落ち着いて食べればいいのに。時間制限があるわけでもないし……もぐもぐ。あっ、ニーナ。ソースがついてるわよ」

「ふぇ？　ん……とれた？」

「まだやで。ウチがとるから、じっとしとき」

ニーナの頭の上に乗っているティナが、ふわりと浮いた。そのままニーナの顔の前へ移動して、手に持ったナプキンで口元のソースを拭う。

「ほい、とれたで」

「ん……ありがと」

「ニーナはかわいいんだから、ソースをつけるとか、カナデみたいな真似をしたらダメよ」

「はわわ……わたし、かわいくなんて……ないよ？」

「もう、この子は変なところで遠慮するんだから」

「ニーナはかわいいでー。ついつい、なでなでしたくなるかわいさや」

「あわわ」

褒められることに慣れていないニーナは、顔を赤くして照れていた。

そんな仕草もかわいいものだから、さらにティナに褒められて、そしてニーナが照れて……よくわからないサイクルが完成していた。

「……」

みんなの様子を眺めながら、俺はゆっくりと料理を食べていた。

ひょんなことから王女さまと知り合いになり、王と顔を合わせることに。人生、なにが起きるかわからないものだ。

「レインさん」

声をかけられて振り返ると、サーリャさまの姿が。

謁見の間で見た時とは違うドレスをまとっている。パーティー用なのか、今回のドレスは華やかさが増していて、サーリャさまの全身が輝いているかのようだ。誇張表現なしに、宝石のように綺麗で魅力的だと思う。

着るもの一つで、これほど印象が変わるものなのか。

「楽しんでいただけていますか？」

「ええ、十分すぎるくらいに。みんなも、良い息抜きになっているみたいですし……ありがとうございます」

「いえ、それは私の台詞です。助けていただいた恩を少しでも返すことができたのなら、とてもうれしく思います」

もう何度もお礼は言われたのだけど、でも、それでは足りないというかのように、サーリャさまは再び頭を下げる。

「レインさん達のおかげで、無事、目的を果たすことができました。改めて、お礼を言わせてください。ありがとうございます」

「いえ、気にしないでください。サーリャさまの役に立てたのなら、俺もうれしいです」

「そう言っていただけると、幸いです」

「ただ、なんていうか……サーリャさまの目的は、アレク達を捕まえることですよね？」

「はい、そうですね」

「……」

「どうかしましたか？」

「いえ……そんなことまでしないといけないなんて、王族というものは大変だな、と」

「ふふっ、いつもしているわけではありませんよ？　ただ、あのまま放置したら深刻な問題に発展する恐れがあったため、やむを得ず、という形になります。本当は、お兄さまもお姉さまも反対していたのですが……王位継承順位の低い私には、それくらいしかできることはありませんから」

「そうですか……」

「そんな顔をしないでください。本音を言うと、思うところは色々とありましたが……ただ、納得はしていましたから。ただ……それでも、レインさんが王に、父にああ言ってくれたことは、とてもうれしく思いました。同時に、とてもヒヤヒヤしましたが」

「あー……すみません。わりと感情で動くタイプなので、つい」

「ふふっ、おもしろい方ですね、レインさんは」

サーリャさまがくすくすと笑う。

それにつられるように、俺も笑みをこぼす。

身分の差は果てしなく大きいが、それでも、サーリャさまのことは大事な友達だと思っている。

今回のように、なにか困っていることがあれば力になろうと、密かに決意した。

「ふむ。我が娘と仲良くやっているようだな」

今度は王が現れた。

慌てて頭を下げようとしたら、手で制止される。

「よい。今宵の宴は、そなた達のために開いたものだ。それなのに気を使わせてしまっては、意味がないだろう」

「父もこう言っていることなので、レインさんも気にしないでください。今だけは、父が王であることを忘れてもいいかと」

「それはなかなかに難しい話ですが……わかりました」

相手がそう望むのなら、必要以上にかしこまることはないだろう。

……大丈夫だよな？

「サーリャはシュラウドを気に入ったのか？」

「はい。とても優しくて頼りになって、それに、面白い方です。そうそう、お友達になってもらったのですよ？」

「ほう、サーリャの友達に。では、儂とも交友を結ぶか？」

「えっ⁉　そ、それはさすがに恐れ多いというか……」

「ふむ。儂では足りないというか？」

「いや、あの、そういうつもりでは……」

「もう、お父さま。あまりレインさんをいじめないでください」

「はは、すまぬな。サーリャを口説き落とした男ということで、つい興味が」

「く、口説き落としたなんて、そのようなことは……」

王の言葉に、サーリャさまが顔を赤くする。

サーリャさまもだけど、王も、公ではない場所では、こんなにもフランクなのか。

少し親しみが湧いた。

とはいえ、話をするだけで緊張するし、本来なら言葉を交わすどころか、顔を見ることもできない。ひたすらに立場と地位が違う。

とにかく心臓に悪いため、できることなら撤退したい。

ただ、なにか話があるらしく、王がこちらを見る。

「サーリャ。すまないが、シュラウドと二人にしてくれないか？」

「レインさんを独り占めするつもりなのですか？」

「すまない、と言っただろう。後できちんと返す。その時に、好きなだけ話をするがいい」

「そういうことなら」

俺を抜きにして、勝手に話が進められている。

まあ、サーリャさまと話をするのは楽しいから反対するつもりはないが。

「さて……少し夜風に当たらぬか？」

王に誘われて、テラスに出た。

心地いい夜風が吹いて、髪を撫でる。

アルコールで火照った体が冷まされて、心地良さを覚えた。

「ここならば、他の者に話を聞かれることはないだろう」

「内密の話ですか？」

「そうだ」

いったい、どんな話をするのだろうか？

相手が王ということもあり、思わず身構えてしまう。

「さて……まずはいくつか質問をさせてもらいたい。シュラウドよ。そなたは南大陸の出身か？」

「え？　はい、そうですが」

「家族は？」

「いません。昔、魔物に襲われて……」

「通称、ビーストテイマーの里の生まれか？」

「どうしてそのことを？」

俺の故郷のことは、限られた人しか知らないはずだ。

王も、なにも考えず俺と再び顔を合わせることはしないだろう。密偵かなにかを使い、俺の情報を集めたはず。

しかし、故郷は十年以上前に滅んでいて、こんな短時間で調べることは難しいはずなのだけど。

驚いていると、王は納得顔を見せる。

「やはり、そういうことか……なるほど。言われてみれば、シュラウド家の面影があるな」

「面影？　もしかして、俺の故郷のことを昔から知っているのですか？」

「ああ、知っている」

「……事情を教えてもらっても？」

「ああ、そのつもりだ」

王はまっすぐにこちらの目を見た。

懐かしいものを見るような目をしているが、それはなぜだろうか？

「話が飛ぶが……神の血を引く者が勇者となる、そのことは知っているな？」

「え？　はい、そうですね。もちろん、知っています」

「勇者は魔王に対抗するための切り札。絶対に失うわけにはいかぬ。故に、いくつもの分家が作られて、その血が分けられることになった。これは知っていたか？」

「いえ、そちらは初耳です」

「だろうな。神の血を引く者が複数存在する……そのようなことが知られたら、よからぬことを考える者が現れるかもしれん。例えば、自分こそが真の勇者だと名乗り出る……とかな。そのような混乱を避けるために、この件は厳重に管理されることになった。神の血を引く者が複数存在しているということは、分家の長しか知らぬことだ」

「どうして、そんな話を俺に？」

俺の故郷と勇者のこと、なんの関係があるのだろうか？

もしかして、と予感するものはあるが……しかし、確信を得ることはできない。

だから、ストレートに尋ねる。

「その話は……俺と、どのような関係が？」

「ビーストテイマーの里にも分家が存在した、という話だ。その分家の名前は……シュラウド。そなたの家のことだ」

「っ⁉」

王の話を聞いて、ある程度の予想はできていたが……それでも、実際にそう告げられると衝撃を隠すことができなかった。

俺の体に神の血が流れている？　勇者の資格がある？

今まで、そんなことは欠片も考えたことはない。

だって、誰も教えてくれていない。亡くなった父さんも母さんも、村の友達も、誰も……

「それは本当のことですか？　なにかの間違いでは……」

「最初は疑った。十年以上も前に滅びた分家の生き残りがいたなんて、できすぎた話だからな。しかし……そなたについて調査をするうちに、疑念は確信に変わった」

「……」

「ただのビーストテイマーの枠を越えて、複数の最強種を使役する。最強種だけではなくて、幽霊も使役して、他にも昆虫も使役することができる。ホライズンの領主の不正を暴き、南大陸で暴れた悪魔の討伐を成し遂げる」

「……色々と調べているんですね」

「すまぬな。そなたが回りくどい手を使い、王室に取り入ることが目的だった……という可能性がないとも限らなかったのでな。それと、シュラウドの名前には覚えがあったため、色々と調べさせてもらった」

「この短時間で、よくもまあ……」

「王城には優れた人材が揃っているからな」

王が不敵な笑みを浮かべた。

正反対に、俺は乾いた笑いをこぼすことしかできない。

「そなたのことを調べることで、確信を得た。そなたは分家の生き残りで、神の血を引いている、となと」

「それは……」

話の流れで、もしかして、と想像はしたものの……でも、実感が湧いてくるようなことはない。

当たり前だ。

いきなり勇者の資格があると言われても、そうだったんですね、と納得できるわけがない。

ただ……なるほど、と頷くことはできた。

最初は当たり前のことだと思っていたが、みんなが言うように、俺のビーストテイマーとしての力は規格外だ。普通の枠を大きく超えている。

それだけではなくて、カナデ達、最強種と契約することができた。普通に考えるのなら、絶対にありえない。

ただ、神の血を引いているのならば、納得できる。

今まで起きたこと。みんながありえないと言ってきたこと。色々なことに説明がつく。

「そなたもまた、勇者なのだよ」

「俺が……勇者……」

やはり、実感は湧いてこない。

ふわふわと体が浮いているような感覚を得て、なんともいえない気分に。

「……そんな話をして、王は、俺になにを求めているのですか？」

「今はなにも」

王は夜空を見上げた。

その瞳になにが映っているのか？

それは本人にしかわからない。

「アリオスが勇者として選ばれたのは、一番、血が濃いからだ。血が濃ければ濃いほど、強い力を得ることができる。そう考えてアリオスを勇者にしたが……力はともかく、その心が勇者としてふさわしいかどうか、最近は迷うところがある」

王の言葉に、ついつい苦笑してしまう。

アリオスはあんなだから、擁護する言葉は欠片も出てこない。

というか、王を呆れさせてしまうなんて……イリスの時にやらかした一件が知られた、というところだろうか？

「もしもこの先、なにかしらあれば、事態が大きく動くようなことがあれば……その時は、アリオスに代わる勇者を求めるかもしれない」

「それが俺だと？」

「候補の一人に加えたいと思っている。取り繕うことなく言うと、予備だな」

「ストレートに言いますね……」

「言葉を濁しても仕方ないだろう。それに、そなたに対しては、変にごまかそうとせず、まっすぐにぶつかった方がいいと判断した」

確かに俺は、変にごまかされるよりは、ストレートに言ってもらうことを好む。

さすが王というべきか、洞察力に優れている。

「いざという時が来たら、そなたの力を借りたいと思っている。どうだ？　力を貸してくれるか？」

「……勝手な話ですね」

相手は王なのだけど、そんな言葉が飛び出してしまう。

アリオスのことを勇者として担ぎ上げておいて、それがダメになると、すぐに他を頼る。

勝手と言われても仕方ないと思う。

「この国を守るためならば、どのようなことでもしよう。それが王というものだ」

「……」

「まあ、自分から聞いておいてなんだが、すぐに答えを出す必要はない。当分は、アリオスを頼りにするつもりだ。今の話については、まだ本格的には考えていない」

ということは、多少は考えているということか。

「頭の片隅に留めておいてくれるだけでいい。たまに思い出して、考えてくれるだけでいい。そしてできることならば……いざという時に備えて、覚悟を決めてほしい」

「……ご期待に添えるかどうか、わかりませんよ？」

「そなたは『良い』人間だ。民を見捨てるようなことはしないと信じているよ」

卑怯な言い方だった。

◆

宴は夜遅くまで続いて、みんなが酔いつぶれたところで終了した。

城のメイドさん執事さんに手伝ってもらい、みんなを部屋に運ぶ。

カナデとタニアは、浴びるほど酒を飲んだらしく、顔を赤くしてふらふらしていて、ベッドに入るなりすぐに寝息を立てた。

ソラとルナは精霊族なので酒に強いのだけど、それでも言語が怪しくなるほどに飲んでいて、こちらもすぐに寝た。

ニーナとティナは、仲良く同じ部屋で寝る。お気に入りの人形を抱える子供のような感じで、ティナはニーナにがっつりと摑まれていた。

でも、どちらも満足そうなのでよしとしよう。

「さてと……俺は、少し散歩でもしようかな」

かなり遅い時間なのだけど、すぐに寝る気になれなくて、中庭へ移動した。

「へぇ、すごいな」

とても広いだけではなくて、細部に至るまで、丁寧に綺麗に手入れされていた。たくさんの緑と花が広がっていて、小さな川も流れている。

どこからともなく虫の鳴き声が聞こえてきて、自然の演奏が繰り広げられていた。

「どうかしましたか？」

振り返るとサーリャさまの姿が。宴の時のドレス姿ではなくて、パジャマを着ていた。

王女さまのパジャマ姿なんて見ていいのだろうか？

迷うけれど、サーリャさまが堂々としているから、きっと問題ないのだろう。

「少し夜風に当たりに」

「眠れないのですか？」

「そうですね……色々と考えることができて」

「それは、父からの話が関係あるのですか？」

「鋭いですね。もしかして、人の心でも読めるんですか？」

「はい、私は、人の心が読める超能力者なのですよ」

冗談とわかりつつも、話に乗る。

「なら、サーリャさまの前で迂闊なことは考えられませんね」

「迂闊なことというと、えっちなことですか？」

「ごほっ⁉　そ、そんなことはさすがに……」

「ふふっ、冗談ですよ」

「やめてくださいよ……」

「でも、そこまで動揺するなんて怪しいですね。本当にえっちなことを？」

「いえいえ⁉　そんなことはしませんから！」

「どうでしょうか？　とりあえず、カナデさん達には内緒にしておきますね」

サーリャさまは唇に人差し指を当てて、いたずらっぽく笑う。

本当に王女さまなのだろうか？　と疑いたくなるほどに、茶目っ気のある人だ。

仲良くなることができて、素の顔を見せてくれるようになったのかな？　そうだとしたらうれしい。

「サーリャさまも冗談とか言うんですね」

「もちろん、言いますよ。私のこと、どのように思っていたのですか？」

「王女さまなので、やはり、とても真面目で規律に厳しいのかな、って」

「それはつまり、私は不真面目で規則を守らない、と言いたいのですか？」

「い、いいえ。そんなことは……」

慌てて手を左右に振り否定する。

そんな俺を見て、サーリャさまがくすくすと小さく笑う。

「ふふっ、レインさんは、とても素直なのですね」

「勘弁してください……色々な意味で、心臓に悪いです」

「すみません。でも、このような意地悪や冗談を言うのは、レインさんだけなのですよ？　そのところは、理解していただけると幸いです」

「俺だけというのは、喜んでいいことなんですか？」

「どうでしょう？」

サーリャさまは笑顔でごまかしてしまう。

追及したいところなのだけど、でも、その笑顔はとてもかわいらしく、これはこれでいいか、なんてことを思ってしまうのだった。

「ところで、考えることというのは？　父になにか言われたのですか？　レインさんが困ってしまうようなことを頼まれた、とか？」

「まあ……そんな感じです」

俺の中に流れる血のことは口外しないようにと言われたので、詳細はぼかしておいた。

「そうですか……すみません、父が無茶を言ったみたいで」

「あ、いや。サーリャさまが気にすることではないですから」

「私は、この国の王女ですよ？　父の問題は私の問題でもあります。なので、私にできることがあれば、なんでもおっしゃってください」

「なんでも……ですか」

「もちろん、父が関係していなくても、困ったことがあれば言ってください。私にできることなら力になります。レインさんには、まだ恩を返していませんからね」

「恩とか、あまり気にしないでいいんですけど」

「私を、恩返しをしない恥知らずの女にしたいのですか？」

「……すみません。そういうつもりはありませんでした」

「なら、なにかあった時は、遠慮なく頼りにしてくださいね」

サーリャさまは、俺の真正面に立つ。

そして、胸元に片手を当てて、宣誓するように強く凛とした声で言う。

「私、サーリャ・ヴァン・ロールリーズは、レイン・シュラウドの力になることを、月の下に約束いたしましょう。どのような事情があれ、どのような状況であれ、全力であなたを支えて、その顔に笑みを灯すことを誓いましょう」

月の光を浴びて優しく微笑むサーリャさまは、まるで女神のようだ。

彼女の目、彼女の声、彼女の心……ありとあらゆる要素が魅力的で、ついつい視線が固定されてしまう。

「レインさん？」

「……いえ、なんでもありません」

「そうですか？　今、ぼーっとしていたようなので……なにもないのなら、いいのですが」

サーリャさまに見惚れていました、なんてこと言えるわけがない。

「約束しましたからね？　なにかあれば、私を頼って……でも、それはそれで、イヤなお願いですね。まるで、レインさんに、なにかが起きてほしいと言っているようなものですし。うーん、悩ましいです」

「サーリャさまは真面目なのかいたずら好きなのか、よくわからないですね」

「ふふっ、女性は色々な面を持つものなのですよ？」

茶目っ気たっぷりに、サーリャさまがそう言う。

思わず、くすりと笑い……続いてサーリャさまも笑い、月下に笑い声が響くのだった。


自分の中に流れる血のこと。

勇者のこと。

サーリャさまと交わした約束のこと。

王都に来て色々なことが起きた。

本当に、色々なことが起きた。

もしかしたら、ここが俺の人生のターニングポイントなのかもしれない。

この先、俺はどうするのだろう？

夜空を見上げながら考えるものの、その答えは見つからない。

月は静かに輝いていた。

エピローグ　膨れ上がる悪意

キメラの討伐という任務を果たした後、アリオス達は王都に帰還した。

アリオス達を歓迎するかのように、人々は歓声をあげて勇者を讃(たた)える。

ホライズンでは勇者の名は地に落ちているが、王都ではそんなことはない。

人類の希望、魔王を打ち倒す救世主、魔を払う者……そのように扱われていて、たくさんの人々の支持を得ていた。

一部、ホライズンの街の情報が入ってくるものの、遠い街のことなので事実が歪曲(わいきょく)されてしまったのだろう、と誰も本気にしていない。

「はー、疲れたー。キメラ退治なんて厄介な任務、久しぶりだし。ねーねー、もうこんなことしなくていいよね？　明日もまた、なんてことにならないわよね？」

宿へ戻り、リーンがくたびれた様子でため息をこぼした。楽して金と名誉と地位が欲しい、と本気で考えているため、彼女は苦労というものを嫌う。

「明日は……どうなのでしょうか？　なにかしら、任務はあるかもしれませんが……だとしても、より好みしてはいけませんよ。今は、私達の名声を回復しなければいけませんし、それに、強くならないといけませんからね」

ミナは教会で育てられたため、アリオスと国の両方に仕えている。なので、与えられた任務をわずらわしいと思うことはない。

ただ、根本的な部分では自分達の利益だけしか考えておらず、ある意味でリーンと似ていた。

アッガスがモニカに尋ねる。

「その辺り、どうなんだ？　任務は明日もあるのか？」

「そうですね……王城に戻り、確認してみないとハッキリとしたことは言えませんが、たぶん、ないと思いますよ。ここ最近、任務ばかりでしたからね。さすがに、たまには休みをとらないと」

「そうか、それは助かる」

「やった、久しぶりの休みね！　ねえねえ、これだけの任務をこなしているんだから、当然、給金は出るわよね？」

「はい、問題ないかと。私から見ても、みなさんはきちんと任務をこなしていますし、給金を止めることはありませんよ」

「ふふっ、なにを買おうかな？　アクセとか見て回ろうかな？　ミナ、一緒に見る？」

「私、そのようなことに興味はないのですが……」

「あんたねえ……女の子なんだから、着飾ることも覚えなさいよ。あたしが教えてあげる」

「まあ……お任せいたします」

「モニカはどうする？　一緒する？」

「すみません。せっかくのお誘いなのですが、少し用事がありまして」

「そういうことなら仕方ないわね。ま、いいわ。モニカの分まで楽しんできてあげる」

「たっぷりと英気を養ってください」

「ああ、そうさせてもらうつもりだ」

この数日で、リーンとミナとアッガスは、すっかりモニカと仲良くなった。

一方のアリオスは……

「ちっ」

仲間達と距離を置いていて、一人の時間を過ごすことが多い。

パーティーの中心にいるべきは、勇者である自分だ。国から派遣された騎士がその役割を担うべきではないし、勘違いも甚だしい。

そんな子供じみたことを思いながらも、モニカの人柄はアリオスよりも圧倒的に上で、仲間達は彼女と親しくなっていく。

アリオスができることといえば、不機嫌そうに距離を取るだけだ。

まるで子供の反抗期だ。失笑ものなのだけど、それを自覚するだけの余裕はなかった。

◆

翌日。

モニカが言っていたように、新しい任務が下ることはなくて、アリオス達は久しぶりの休暇が与えられた。

ミナは、リーンに連れられて買い物へ。アッガスは食事を楽しむらしく、同じく城下町へ繰り出した。

アリオスは外に出る気分になれず、宿の部屋でゆっくりしていた。ソファーに座り、本を読む。

「失礼します」

「……モニカか」

穏やかな時間を過ごしていると、乱入者が現れた。

用事があると言っていたはずなのに、なぜここへ？

アリオスが訝しげな顔をすると、その疑問に答えるように、モニカがふわりと微笑む。

「私の用事は、アリオスさまとお話をすることですよ」

「僕と？」

「私の気のせいかもしれませんが、アリオスさまに避けられているような気がして……」

「正解だな。僕はお前を避けている」

「なぜですか？」

「監視役と仲良くできるわけないだろう」

「私は、アリオスさまを監視しているつもりはないのですが……ですが、そう思われても仕方ありませんね。実際に、アリオスさまの行動を王に報告するように言われていますから」

「そら見たことか。そんなヤツと仲良くできると思うか？　答えはできない、だ」

アリオスは出て行けというように手を振るが、モニカはそれを無視して、アリオスの隣に腰を下ろす。そして、その魅力的な体を寄せた。

「申しわけありません。勘違いをさせてしまったみたいですね」

「勘違いだって？」

「確かに、私はアリオスさまを監視しているかもしれません。しかし、それはあくまでも任務だから。私自身は、そのようなことはしたくないと思っています」

「ふんっ、どうだかな。口ではなんとでも言えるさ」

「私は、アリオスさまのことを尊敬しています。勇者さまとして、素晴らしい方だと思っています。それに……異性としても魅力的だと」

モニカは体を押し付けるようにしながら、甘い言葉をささやいた。

アリオスは眉をひそめるものの、若干、不機嫌そうな表情が薄れる。

国から派遣された監視役ということで、疎ましく思っていたけれど、それを抜きにすればモニカは絶世の美女だ。男を立てる性格をしていて、スタイルも申し分ない。

言い寄られて悪い気分はしなかった。

とはいえ、ほいほいと餌に食らいつくほどアリオスも馬鹿ではない。

一度、距離をとる。

「僕と話をしたいというのなら、まあ、構わないさ。ただ、つまらない話をするようなら途中で退場してもらうよ？」

「アリオスさまの興味を惹く話ですか……それは、なかなかに難しい問題ですね」

「ネタがないなら、すぐに部屋を出て行け。それとも、僕が食いついてしまうようなネタがあるとでも？　そういうことならば、話をしても構わないけどね」

「ありますよ」

モニカは即答した。

にっこりと笑いながら、口を開く。

「レイン・シュラウド」

「っ⁉」

「かつて、アリオスさまのパーティーに所属していた方ですよね？」

「どこで、レインのことを……」

「私、こう見えてもエリートなので。優秀な部下がたくさんいるので、情報収集は得意なんですよ」

「あいつの話をして、どうするつもりだ？」

「興味があるのでは？」

「……」

アリオスは否定しない。

つまり、そういうことだ。

「私の調査によると……」

モニカは微笑みながら、レインについての話をした。

『ホライズンの英雄』と呼ばれていること。

五人の最強種を仲間にして、さらに幽霊もパーティーに加えたこと。

悪魔を討伐したことで、Bランクに昇格したこと。

王女を助けて、コネクションができたこと。


起きた出来事を順々に伝えていく。

ただし、レインが神の血を引いている……アリオスと同じく、勇者の資格があることは口にしなかった。

そのことを告げれば、アリオスは確実に暴走するだろう。

それはそれでおもしろいことになりそうだが、しかし、今はまだその時ではない。

モニカはそんなことを考えながら、一点を除いて、説明をした。

「ばかな……あの役立たずが、そこまで成り上がっているなんて……ありえない。そんなことはありえないぞ……というか、あってたまるものか！」

レインの活躍を聞いたアリオスは、わなわなと震えた。

役立たずのくせに、落ちこぼれのくせに。

それなのに自分よりも活躍しているなんて……許せない！

身勝手極まりない思考なのだけど、それを指摘する者はいない。アリオスの中で暗い感情が膨らんでいく。

「私も、アリオスさまの言う通りだと思います。レイン・シュラウドは、確かに、数々の功績を打ち立てました。しかし、品位というものに欠けています。神の血を引くアリオスさまの方が、『英雄』にふさわしいかと」

「なんだ、わかっているじゃないか。そうだ……あんなクズよりも僕の方が優れている。あいつは、ただのビーストテイマーで僕は勇者だ……そう、僕の方が上に決まっている！」

「ええ、もちろん。まさに、その通りかと」

モニカは優しく微笑みながら、ひたすらにアリオスを持ち上げた。

冷静な時のアリオスならば、モニカの笑みの向こうにある歪んだ感情に気がついたかもしれないが、レインの話を持ち出されたことで、今は冷静さを失っていた。

モニカに持ち上げられるまま誘導されるまま、自分こそが優れている、という思考に染められていく。

「それにしても……レインのヤツ、王都に来ているのか。今度は、なにを企んでいる？」

「どうも、Aランクの昇格試験を受けるつもりらしいですね」

「なるほど、そういうことか」

「もしも、レイン・シュラウドが試験に合格したら……おもしろくないことになりそうですね。現在の記録では、史上最年少のAランクは二十一歳です。しかし、レイン・シュラウドが合格したら、その記録は大きく塗り替えられることになります。人々は、彼を讃えるかもしれません。第二の勇者だ、と思う人が出てくるかもしれません」

「ばかな⁉　勇者はこの僕、ただ一人だ！　あんなヤツが勇者であってたまるものか！」

「はい、その通りです。勇者はアリオスさま、ただ一人です。今のはただの例えなので、あまり気になさらず。しかし、このままだと、現実のものになってしまうかもしれないという懸念はありまして……そうなると、とても煩わしいことになるでしょう。ですので、そうなる前に手を打ちませんか？」

「……何が言いたい？」

「レイン・シュラウドを、排除してしまいませんか？」

あまりにもあっさりと言うものだから、アリオスは驚いてしまった。

そんな反応を楽しそうに見つつ、モニカは言葉を続ける。悪魔がささやくように、アリオスの心に忍び込んでいく。

「アリオスさまの邪魔をするような者は、排除してしまいましょう」

「キミがそのようなことを口にしていいのかい？　そういうことをさせないために、僕の監視をしているんじゃないのか？」

「それも任務ですが……しかし、私は、アリオスさまの方を優先的に考えていますので。それゆえに、アリオスさまを悩ませるレイン・シュラウドのことが許せないのです」

「ふは……ははは っ、なんだ！　話がわかるじゃないか」

モニカの言葉に気をよくしたアリオスは、笑い声をあげた。

敵だと思っていたが、違う。この女は味方だ。自分に付き従う存在だ。

アッガス、ミナ、リーンのように、好きに扱っていい駒だ。

そう認識したアリオスは、歪んだ笑みを浮かべる。

「おもしろい話だ。もっと詳しく話を聞きたいな？　当然、計画も立てているんだろう？」

「細かいところは詰める必要はありますが、基本的なところはすでに」

「いいだろう。お前の言うとおりにしてやろうじゃないか。確かに、レインのヤツは邪魔だ。以前から、どうにかしたいと思っていた。それが叶うのなら、お前の話に乗る価値はある」

「私のことはどうか、モニカとお呼びください……ふふっ」

モニカは笑う。

妖しく妖しく……艶やかに笑う。

その笑みは、悪魔と呼ぶにふさわしいものだった。

番外編　タニアの黒歴史

これは、レインと出会う前のタニアの物語。


竜族の里にある家で、タニアはのんびりとくつろいでいた。

その姿は、角と尻尾がある以外は人間と変わらない。ドラゴン形態だと大きな家が必要になるため、基本的に、普段は人間に変身して過ごしている。

「んー……ヒマねぇ」

適当に読んでいた本をぱたんと閉じた。

「すっごい微妙。なんでこう、人間の書いた本って、こんなにもつまらないのかしら？　でもまあ人間そのものが大したことない存在だから、つまらない本しか書けなくても仕方ないのかもね」

フッ、とニヒルな笑みを浮かべるタニアは、暇つぶしのため、次の本を探す。人間の書いた本はつまらないと言いつつも、また人間の書いた本に手を伸ばす。

他に本がないという理由もあるが、なんだかんだで時間を忘れることができるくらいには楽しんでいるのだった。

そんな時。

「ターニーアーちゃん！」

「ふぎゅ!?」

ものすごい勢いでなにかが突進してきて、タニアを勢いよく抱きしめる。

母のミルアだった。

「ただいまー、タニアちゃん。お母さん、今、帰ったよ？　寂しくなかった？　私は寂しかったよぉ……タニアちゃんのかわいい姿が見えないと落ち着かないし、タニアちゃんの綺麗な声が聞こえないとすごく不安になっちゃうの。んー、タニアちゃんタニアちゃん♪」

「ちょ、やめ……もうっ、やめてってば、母さん！」

全力で頭をなでなでしてくるミルアを、タニアは赤くなりつつ引き剝がした。

「あのね、前々から言ってるでしょ？　家に帰ってくる度に、あたしにまとわりつかないで！」

「それは無理だよ。だって、タニアちゃんってば、とってもかわいいんだもん」

「理由になってないし……はあ。まったく、この母親は」

タニアはジト目を向けるが、ミルアはまったく怯まない。むしろ、そんな娘もかわいいというような感じで、ニコニコ顔だ。

タニアは反抗期というわけではないし、母親のことは尊敬している。

ただ、毎日こんな調子で溺愛されると、さすがに辟易としてしまう。

「いい！　この際だからハッキリ言わせてもらうけど、最近の……というか、ずっと昔からだけど、母さん……うざい！」

「うざっ……!?」

ガーン、とショックを受けた様子で、ミルアがビクリと震えた。

「あたしのことが好きっていうのはわかるんだけど、こんな風にベタベタされると、うっとうしいの。もうやめてくれる？」

「……」

「母さん？」

「ふぇ……うえええええん」

「ちょっ!?」

いきなりミルアが泣き出した。ダラダラと涙を大量に流す。

「た、タニアちゃんが、ぐ、グレちゃったぁ……お母さんのこと嫌い、って……うぅ、ううう、小さい頃のタニアちゃんは、大きくなったら母さんと結婚するー、って言ってたのにぃ」

「そ、そんな昔の話を持ち出さないでよ！」

事実なので、タニアは赤くなるしかない。

「っていうか、こんなことで泣かないでよ。あたしはグレてなんていないわ」

「でもでもぉ……」

「あーもう！　……好きにすれば」

ここで突き放すことができれば、ミルアの過度な干渉はなくなるのだろうが、それはできないタニアだった。なんだかんだで、母親のことは好きなのである。

ミルアの顔が輝いて、たちまち泣き顔から笑顔になる。

「タニアちゃん！　やっぱり、お母さんのことが好きなんだね！　私も、タニアちゃんのことが大好きだよ。だいだいだいだいだーい好き♪」

「ちょっ、だから抱きしめるのは……ふぎゅ⁉」

感極まった様子のミルアのハグを受けて、タニアは悲鳴をあげた。

全力を出して、なんとか逃げる。

はあはあと荒い息をこぼした後、ふと気がついた様子で尋ねる。

「っていうか、今日は早いのね。いつもは夕方くらいに帰ってくるのに、まだ明るいじゃない」

「早くタニアちゃんに会いたくて、お母さん、がんばっちゃった。あ、でもでも、手は抜いていないよ？　きちんとバッチリ、仕事はやり遂げたからね」

「ふーん……確か、今の母さんの仕事って、人間との交渉よね？　最近、近くにやってきた商人との取り引きをまとめるとかなんとか」

「うん、そうだよー。色々なものを扱っている人間で、この取り引きがまとまれば、ウチにとってかなりの利益になるからね。なんとしても、商談をまとめないと」

「めんどくさそうね……ちまちまとした話なんてしてないで、脅したらいいんじゃない？　人間なんて、目の前で適当にブレス吐いてみせれば、なんでもいうことを聞くでしょ」

「タニアちゃん……お母さんは悲しいよ。犯罪者みたいな考えをしちゃうなんて」

「じょ、冗談よ。冗談」

なんて慌てて言うタニアではあるが、わりと本音だったりする。

相手が自分と同じ竜族ならば、そんな暴挙に出ることはない。しかし、人間なら話は別だ。自分よりも下の相手に、どうして丁寧に接しなければいけないのか？　対等な立場ではないのだから、多少の無茶はしても構わないだろう。

そんなことを考えていた。

そして、そんな娘の考えをミルアはきっちりと見抜いていた。幼い言動が目立つところはあるが、なんだかんだで母親なのである。

「ダメだよ、タニアちゃん。相手が人間でも、しっかりと誠意を持って接しないと」

「誠意とか言われても……なんで、人間程度にそんなことしないといけないの？　あたしら竜族は、世界で一番強い種族なのよ？　弱い人間に優しくする理由なんてないじゃない」

「うーん……かわいいタニアちゃんが、ひねくれたことを言うように……でもでも、ちょっと斜に構えたタニアちゃんも、それはそれでかわいいかも？　ねえねえ、タニアちゃん。もう一回、ぎゅうってしてもいい？　なでなでしてもいい？　ついでに、頬をすりすりしてもいい？」

「ダメ」

「うぅ……タニアちゃんのいけず」

「そんな顔しても、ダメなものはダメよ」

タニアは子供ではなくて、それなりの歳だ。もう少ししたら、一人前になるため、旅に出なければいけない。

それなのに、未だに母親に甘やかされているなんて、情けない話ではないか。

絶対にイヤだと、タニアはプライドを優先してミルアから離れた。

ついでに言うと……

ミルアの抱擁は、文字通り強烈で苛烈なので、やめてほしいという事情もある。

以前、おもいきりハグされて、肋骨（ろっこつ）にヒビが入ったことがある。娘大好きのせいで、ミルアは、時々力加減を間違えてしまうのだ。

「話を戻すけど、相手が人間だからって、誠意のないことはしたらダメだよ？」

「ただの冗談だってば。いくらなんでも、盗賊みたいな真似（まね）はしないわよ。そもそも、あたしは弱いものいじめなんて好きじゃないし」

そう言うタニアは、人間を下に見ていた。

自分は最強種であり、その中でも上位に君臨する竜族。

人間に遅れを取るなんてことは絶対にありえない。故に、対等な立場になることはない。

そんな考えが見て取れた。

そんな娘の増長に気がついたミルアは、困った感じで小首を傾（かし）げる。

「うーん……タニアちゃん、めっ！」

「な、なによ？　あたし、なんで怒られているの？」

「タニアちゃん、人間とちゃんと接したことないよね？　それなのに、人間は大したことない、なんて決めつけたらいけないんだよ。もっともっと、広い心と視野を持たないとダメなんだよ」

「でも、実際に大したことないじゃない。人間なんて、あたしら最強種に比べたら、ものすごいちっぽけな存在じゃない」

「そうとも言い切れないよ？　勇者がいるように、すごい力を持っている人間もたくさんいるんだよ。一部だけを見て判断するなんて、タニアちゃんは狭量なんだよ。お母さん、タニアちゃんには、もっと大きい器を持ってほしいな」

「うぐっ」

色々な意味で、相手を見た目で判断するな。

凝り固まった考えを捨てて、幅広く柔軟な思考を持て。

もっともな正論に、タニアは怯んでしまう。

竜族こそが最強と考えるタニアではあるが、母親の言葉に耳を貸さないほど愚かではない。

もしかして、本当は、人間はすごいのだろうか？　ミルアが言うように、実は優秀なのだろうか？　自分達竜族に匹敵するのだろうか？

タニアは真剣に考えて……

「……ないわね」

ミルアの言うことはありえないと、否定した。

「人間なんて、最弱の中の最弱じゃない。まあ勇者とか、ちょっとした特例はいるみたいだけど……でも、ものすごい稀なケースじゃない。大半の人間は大したことなくて、弱いし」

「もう。タニアちゃんってば、ゴッサスやアルザスみたいなことを言うんだから」

「うっ……さすがに、あいつらと一緒にされるのはイヤね」

とはいえ、人間を対等に見ることはできない。

大した力を持たず、それなのに、この世界の頂点に立っているような顔をしている。

タニアからしてみれば、思い上がりもいいところだ。

機会があれば、その心や根性を叩き直してやりたい。

「ふむ？」

ふと、思いついた。

もうすぐ修行の旅に出なければいけないが……その際、人間を相手にしてみるというのはどうだろうか？

この手で性根を叩き直すことができるし、ミルアが言うように、きちんと接して、見定めることもできる。一石二鳥だ。

よし決めた。

修行の旅に出たら、人間を叩きのめそう。

「むう……タニアちゃんが、また変なことを考えているような？」

「き、気のせいよ」

さすが母親、鋭い。

タニアは、これ以上ツッコミを入れられないように、話を逸らす。

「そういう母さんは、人間のことをどう思っているわけ？　最弱のくせにとか、大した力を持っていないくせにとか、そんなことは思わないの？」

「思わないよ」

「本当に？」

「もちろんだよ。私は、色々な人間を知っているからね。物知りなのです、えっへん！」

「ふーん」

ミルアは幼く見えるが、実は、わりと賢い。

人を見る目はしっかりと持っているし、頭の回転も速い。

そんな母が言うのなら、もしかして、人間は本当にすごい存在なのだろうか……？

「……やっぱり、そんなことありえないわね」

タニアは、すぐに己の考えを否定した。

「人間なんて大したことないわ」

「そんなことばかり言って。でもでも、実際に接してみれば、タニアちゃんの考えも変わるかもよ？　実はすごかったんだー、って感動したり、一緒にいることが楽しくなったりするかも」

「ないない、ありえないわ」

「もしかしたら、人間のことを好きになっちゃうかも。ラブになっちゃうかも」

「絶対にないわ。もしもそんなことになったら、あたし、母さんのお願いをなんでも聞いてあげる」

あははは、と笑ってみせるタニアだったが……この時の発言を一生後悔することになる。

「……なんていうことがあったよねー」

「う……」

レインの家に滞在しているミルアは、娘と二人きりの時間を楽しんでいた。ニコニコ笑顔で昔の思い出を語る。

「それで……タニアちゃんは、今は、人間のことはどう思っているのかなー？　レインくんのことは、どう思っているのかなー？　大したことない、最弱の存在で、対等に付き合う価値がないとか、まだ思っていたりするのかなー？」

「ああああああ……もうっ、それくらいにしてよ！　悪かった、あたしが悪かったから、もう勘弁して！」

ごろごろごろと、タニアはベッドの上で悶えた。

竜族の里にいた頃は、タニアにとって黒歴史が多い。

それを実の母親から笑顔で話されるという恥ずかしさ……たまらないものがあり、ぎにゃーとかぐあああとか、普段は決して口にしないような言葉が出てしまう。

「はふぅ、恥ずかしがるタニアちゃんもかわいい♪」

「もういっそ殺して……」

「ところでタニアちゃん」

「なによ？」

「私のお願いをなんでも聞いてくれる、っていう話は覚えているよね？」

「……あ」

「ふふっ、なにをしてもらおうかなー？」

その夜、タニアの妙な悲鳴が響いたというが、なにが起きたのか、詳細を知る者は誰もいない。

おはようございます。こんにちは。こんばんは。深山鈴です。初めての方ははじめまして。引き続き手に取っていただいた方は、いつもありがとうございます。

最近、引っ越しをしました。何度か引っ越しをしていて、色々な方に迷惑をかけてしまっていたのですが、今回の引っ越しで落ち着くことになりそうです。

しかし、新居に机が入らないというトラブルが。机にガタが来ていたせいで分解できず、どうしても入らなかったんですよね……仕方なく机を買い替えることに。他にも本棚や収納棚を買い、組み立てて……なにが言いたいかというと、つまり、腰が痛いです。

すぐに湿布を買いに行ったものの、そうしたら今度は花粉に目と鼻をやられてしまい……とんでもない負の連鎖に陥っています。なかなかに大変でした。

ただ、大変なのも終わり。こうして、無事に六巻を出せることになりました。

六巻の見どころは、なんといってもタニアです。七割くらいはタニアの話で、タニアの魅力が詰まった物語になっているかな、なんて思います。

そんな六巻はいかがでしたか？　タニアの魅力が少しでも伝わってくれるとうれしいです。これを機会に、カナデ派からタニア派に鞍替えをするとか。あるいは、さらにタニア推しになってもらえるとか。

タニアって、かなりわかりやすいツンデレです。いえ。ツンはほとんどないから、ただのデレ……？　そんなキャラクターではありますが、作中、二人目のヒロインということで、けっこうお気に入りだったりします。

わかりやすいのだけど、そういうストレートなところが魅力になっているのかな、なんてことを考えています。ちょっと過激なところもご愛嬌。

これからもタニアをよろしくお願いします。ぜひ、清き一票を！

……選挙みたいになってしまった。

それともう一人、新キャラクターが登場します。サーリャです。王女さまです。

実は、彼女には秘められた力があって、世界を左右するほどの力を隠し持つ……ということはなくて、普通の人間という設定です。

最近、色々な物語に触れていますが、強い王女さま、多いですよね。それはそれでおもしろく好きなのですが、王女さまと言えばやっぱり普通！　ということで、普通のキャラクターにしてみました。

ただ、能力的に普通というだけで、他に色々とあったりします。

それはまた、別の機会に披露できればと思いますが、どうなることやら。

そのような感じで、六巻は五巻と違い、少し落ち着いた内容の物語となりました。前巻が怒濤の展開だったので、今回はこれでいきましょう、というアドバイスを編集さまからいただきこのような形になりましたが、いかがでしょう？

少しでも楽しんでいただけたのなら幸いです。

これからも楽しんでもらえるようにがんばりたいと思います。

最後に謝辞を。

イラストを担当していただいているホトソウカ様、いつもありがとうございます。毎回、予想を大きく上回る綺麗なイラストに感動しています。

コミカライズを担当していただいている茂村モト先生、いつもありがとうございます。絵柄も構成も見せ方も全部魅力的で、原作者ですがファンになってしまいました。

アドバイスをくれる担当さま、いつもありがとうございます。いつも優しいなあ、と思いつつ、そのご厚意にまた甘えてしまいそうです。甘やかしてください。

そして、出版に至るまでに作業をしていただいた方々、いつも温かい応援をしてくださる読者の方々……その他、たくさんの関係者の方々、いつもありがとうございます。

また会えることを願いつつ、今回はこの辺りで。

ではでは、また今度。

巻末特別企画

キャラデザ大公開第六弾!

racter Design
サーリャ
モニカ・
エクレール

Kラノベブックス

勇者パーティーを追放されたビーストテイマー、最強種の猫耳少女と出会う6

深山 鈴

2021年4月28日第1刷発行
2022年9月20日第2刷発行

発行者	森田浩章
発行所	株式会社 講談社 〒112-8001 東京都文京区音羽2-12-21
電 話	出版 (03)5395-3715 販売 (03)5395-3608 業務 (03)5395-3603
デザイン	ムシカゴグラフィクス
本文データ制作	講談社デジタル製作
印刷所	株式会社KPSプロダクツ
製本所	株式会社フォーネット社

KODANSHA

ISBN978-4-06-523830-1 N.D.C.913 355p 19cm
定価はカバーに表示してあります

ファンレター、
作品のご感想を
お待ちしています。

あて先
〒112-8001 東京都文京区音羽2-12-21
(株) 講談社 ラノベ文庫編集部 気付
「深山鈴先生」係
「ホトソウカ先生」係